何塞·多诺索作品集
"文学爆炸"亲历记

〔智利〕何塞·多诺索／／著
段若川／／译

人民文学出版社

José Donoso
HISTORIA PERSONAL DEL BOOM
© JOSÉ DONOSO, 1972, and HEIRS OF JOSÉ DONOSO
Simplified Chinese translation copyright © 2021 People's Literature Publishing House
All rights reserved

图书在版编目（CIP）数据

"文学爆炸"亲历记／（智）何塞·多诺索著；段若川译. —北京：人民文学出版社，2021
（何塞·多诺索作品集）
ISBN 978-7-02-016446-2

Ⅰ.①文… Ⅱ.①何… ②段… Ⅲ.①回忆录—智利—现代 Ⅳ.①I784.55

中国版本图书馆 CIP 数据核字（2020）第 118910 号

责任编辑　张欣宜
装帧设计　黄云香
责任印制　王重艺

出版发行　人民文学出版社
社　　址　北京市朝内大街 166 号
邮政编码　100705
网　　址　http:／／www.rw-cn.com

印　　刷　三河市鑫金马印装有限公司
经　　销　全国新华书店等

字　　数　132 千字
开　　本　880 毫米×1230 毫米　1／32
印　　张　5.75　插页 3
印　　数　1—6000
版　　次　2021 年 3 月北京第 1 版
印　　次　2021 年 3 月第 1 次印刷

书　　号　978-7-02-016446-2
定　　价　36.00 元

如有印装质量问题，请与本社图书销售中心调换。电话：010-65233595

目 录

译者序　何塞·多诺索与拉丁美洲"文学爆炸"/1

"文学爆炸"亲历记/1

十年之后/87

"文学爆炸"的家长里短/玛丽亚·比拉尔·塞拉诺/102

附录/151

译者序　何塞·多诺索与拉丁美洲"文学爆炸"

众所周知,从二十世纪六十年代起,拉丁美洲出现过震动世界文坛的"文学爆炸"运动,历时十来年之久。其中的主将有加西亚·马尔克斯、巴尔加斯·略萨、卡洛斯·富恩特斯、胡利奥·科塔萨尔、埃内斯托·萨瓦托、何塞·多诺索等人。他们都有过类似的经历,他们之间有深厚的友谊,互相关心着对方的创作,对同行的作品发表很中肯的评论,因为他们这些人不但是记者、作家,而且还是文学教授和评论家,所以,这些行家里手的文学评论很有价值。感谢中国西班牙、葡萄牙、拉丁美洲文学研究会的同志们对我的信任,把翻译何塞·多诺索论文学创作的这部集子的任务交给了我。我去年在西班牙格拉纳达大学讲学期间,林一安同志又反复叮嘱了几次,使我能抓紧时间在彼完成了主要部分的翻译,回国后在林一安和许铎同志的热情鼓舞下,我译完了本书其他部分。

拉丁美洲"文学爆炸"对于中国读者来说,已经不是一个陌生的名称。从1979年起我们的文学研究会成立以来直至如今的十余年间是西葡语界翻译拉美新小说的大好时机,一大批作品已经翻译出版。但是拉丁美洲"文学爆炸"运动起于何时?终于何日?它的范围到底有多大？它的源头在哪里？哪些作家属于或者不属于这一"文学爆炸"的范畴？由于"文学爆炸"令人瞩目的成功和节日效应，作家们都一窝蜂地争相挤上这辆华丽的彩车，出版商们也许出于商业目的，虚张声势，有意地把"文学爆炸"产生之时提前到二十世纪五十年代，简直想把此后二十年间出现的一切拉美小说统统囊括进来。对这一系列问题，仁者见仁，智者见智，多少年来是拉美文学界说不清的问题。

作为过来人，何塞·多诺索于1972年，即他认为的"文学爆炸"的源头之一——1962年智利康塞普西翁世界知识分子代表大会召开十周年之际，写了一部《"文学爆炸"亲历记》。又过了十年，1982年，加西亚·马尔克斯荣获诺贝尔文学奖，轰动一时的"文学爆炸"已经成为过去，何塞·多诺索写了《十年之后》作为《"文学爆炸"亲历记》的附录。由于时间的间隔，再回顾那一段历史，许多事情的轮廓更清楚了。此外，何塞·多诺索的夫人玛丽亚·比拉尔·塞拉诺，几十年如一日与丈夫同舟共济，相濡以沫，她也是"文学爆炸"的见证人。她写的《"文学爆炸"的家长里短》成为《"文学爆炸"亲历记》的生动补充和极好的注脚。她以女性特有的敏感，生动地描绘了包括她丈夫在内的几位"文学爆炸"的巨匠在草创时期含辛茹苦、四处漂流的情景，以无限的深情记述了几位拉美作家之间荣辱与共、休戚相关的真诚友谊。

《"文学爆炸"亲历记》(*Historia personal del "Boom"*)是一个古怪而又不好翻译的书名，但这并不是何塞·多诺索的杜撰，而是他受到智利文学评论家阿洛内的启发。阿洛内，原名为埃尔南·迪亚斯·阿列塔，是他头一个支持了何塞·多诺索的第一部作品——短篇小说集《消夏》，使他能跻身智利文坛。阿洛内曾写过一本《智利文学亲历记》,多诺索认为他发明的这种"亲历记"对他很适用,于是就把这个题目移植到自己的这本书上当标题。

可以说《"文学爆炸"亲历记》是一部记载"文学爆炸"的随笔、回忆录或文学评论,但又区别于上述各种体裁。总之,作者站在个人的角度回顾了1962年康塞普西翁世界知识分子代表大会以来十年间"文学爆炸"的酝酿、发生和发展的过程,记述了一大批才华横溢的拉丁美洲作家、电影家、艺术家的人生足迹,他们的理想和奋斗、成功和失败、欣喜和苦恼……用不同的笔调为"文学爆炸"的主将加西亚·马尔克斯、巴尔加斯·略萨、科塔萨尔、富恩特斯等人描绘出一幅幅生动逼真的肖像。

在"文学爆炸"最兴旺的时刻,许多人削尖了脑袋要挤进这光荣的队伍,多诺索曾嘲笑过一位住在巴黎的巴拉圭作家。当后者获得一次"美洲之家"发的奖时,欣喜若狂,正式宣布:"有了这一本书,我现在已经跻身'文学爆炸'了。"多诺索说:"……真是个傻瓜……太天真了……"

别的文学流派,比如现代主义、超现实主义,都有其纲领和宣言,有核心人物,有较固定的活动舞台和刊物,而拉丁美洲的"文学爆炸"却没有这一切,所以,哪些作家属于"文学爆炸",从来就没有过什么一致结论。由于"文学爆炸"历时较长,包括地域很广,作家风格各异,实在难以概括分类。据多诺索看,专门写印第安题材的何塞·玛利亚·阿格达斯似乎与"文学爆炸"风马牛不相及;胡安·鲁尔福的《烈火中的平原》和《佩德罗·巴拉莫》分别发表在1953年和1955年,以后他就没再写过什么新东西;博尔赫斯也有近二十年没写过什么小说了;诺贝尔文学奖获得者米格尔·安赫尔·阿斯图里亚斯显然对"文学爆炸"有成见,他说拉美新小说家们"纯粹是广告的产物",而何塞·多诺索则反唇相讥,说"他感到时间的苔藓开始掩盖他那有血有肉有骨头的华丽辞藻"。据多诺索看,"文学爆炸"小说家们所追求的就是要摆脱地区性的禁锢,用国际化的语言向全西班牙语美洲乃至全世界讲话,像何塞·玛利亚·阿格达斯那样的作家似乎不宜算在"文学爆炸"的范围之内。然而,乘着"文学爆炸"走红之机,有人把他们全包括进来。而确凿的事实是,他们的作品也乘着"文学爆炸"的风帆,一版再版,为"文学爆炸"壮大声势。

至于何塞·多诺索本人是否属于"文学爆炸"?以他的代表作《污秽的夜鸟》的巨大成功而论,这一点是毫无疑问的。但是他却保持冷静的态度。虽然他完全有资格进入"文学爆炸"代表作家的行列,但是,在《"文学爆炸"亲历记》中,他却有意地将自己放在外边,他说:"虽然我认为,'文学爆炸'的历史就是我的自传,可是,不要把这事看得过分要紧……"旁观者清,这样,他可以比较客观地分析和判断。十年过去了,"文学爆炸"已经成为历史,1982年,多诺索在《十年之后》中已不必谦虚地断言:"真正的'文学爆炸'只有四把固定的交椅,属于胡利奥·科塔萨尔、加夫列尔·加西亚·马尔克斯、马里奥·巴尔加斯·略萨和卡洛斯·富恩特斯。还有一把不固定的椅子,有时是埃内斯托·萨瓦托坐,有时是笔者我本人坐。"

在《"文学爆炸"亲历记》中,何塞·多诺索分析了"文学爆炸"产生的原因。他回顾了二十世纪六十年代以前拉美小说家所处的环境:孤陋寡闻,孤军奋战,被传统的地方主义牢牢地禁锢,文坛一片死气沉沉,各国作家之间互不通气。判断作品优劣的唯一标准就是能否以现实主义的手法反映作者所生活地区的现实,要求作者以克里奥约主义的文学大师为楷模。然而,作家们感到"大师们把他们的教诲之职拖得太久了"。他们终于从世界文坛中找到了自己可以借鉴的榜样：萨特、加缪、莫拉维亚、塞林格、戈尔丁、帕韦泽、乔伊斯、普鲁斯特、卡夫卡、托马斯·曼、福克纳……他们抛弃了西班牙语美洲经典作家"向西班牙皇家语言学院称臣"的做法，毫不犹豫地接受美国人、法国人、英国人和意大利人的影响，用"天生就是巴洛克式的、多变的、丰富的"语言讲话。用国际化的艺术手法创作，在美洲大地"神奇的现实"的基础上，创作了一大批高质量的作品，1959年古巴革命的成功进一步推动了"拉丁美洲意识"的觉醒。1962年由智利作家贡萨洛·罗哈斯主持、在康塞普西翁大学召开了世界知识分子代表大会，一大批著名作家参加了。他们之中有巴勃罗·聂鲁达、何塞·玛利亚·阿格达斯、奥古斯托·罗亚·巴斯托斯、贝贝·比安科、卡洛斯·富恩特斯、阿莱霍·卡彭铁尔等人。对古巴革命的热情支持和对美帝国主义的愤怒声讨，这种政治观点上的一致把与会者团结起来，国际学术会议变成了国际政治会议。会上大家倡议拉美作家要打破国界，团结一致，克服以前孤立的局面。果然，从那以后，各国作家都以自己的方式努力推动民族解放运动。正是他们共同培植了拉丁美洲新小说、"文学爆炸"的代表作：加西亚·马尔克斯的《百年孤独》(1967)，巴尔加斯·略萨的《绿房子》(1966)和《酒吧长谈》(1969)，卡洛斯·富恩特斯的《阿尔特米奥·克罗斯之死》(1962)，胡利奥·科塔萨尔的《跳房子》(1963)，何塞·多诺索的《污秽的夜鸟》(1970)等。1962年到1972年，这十年，在何塞·多诺索看来，是"文学爆炸"全盛时期的十年。

如果说，康塞普西翁的世界知识分子代表大会上突然爆发的对古巴革命同情的浪潮使拉丁美洲各国知识分子统一起来、团结起来，那么，1971年古巴诗人帕迪利亚受到政治迫害的事件却为这团结统一画了休止符。由这一事件造成的幻灭也破坏了"文学爆炸"的统一性。可以说，从那时起"文学爆炸"开始从顶峰走向消亡。作为"文学爆炸"的主角之一，何塞·多诺索经历了这一运动的全过程。他说："'嘭'！'文学爆炸'是一场游戏，也许更确切一点说，是一种培养液，在西班牙语美洲长达十年的时间内，滋补了疲惫不堪的小说形式，然后它即将消失——现在已经不怎么说起它了，大概会留下三四本或五六本精彩的小说，使人们还能记起'文学爆炸'。"作者自问："为了这几本书，引起那么大轰动，造成那么多喧闹，值得吗？哪些小说将会留下来？会流传多久？"这是作者在1971年写下的话。

《"文学爆炸"亲历记》出版十年之后，1982年再版时，何塞·多诺索写了《十年之后》作为该书的附录之一。当时正值加西亚·马尔克斯荣获诺贝尔文学奖，多诺索说："就像是给一个情节复杂且千头万绪的故事带来一个圆满的结局……"事到如今，曾经引起争论并且被诅咒的"文学爆炸"已经被人们接受了，"革命者被誉为圣徒"。原先作为试验的、假设的东西，现在成了大多数读者接受的语言，成为经典著作。"文学爆炸"的作品在各大洲的大学里讲授，成为论文题材，被译成世界上几乎所有的文字。何塞·多诺索总结了"文学爆炸"的三个特点：第一，一大批最杰出的拉丁美洲小说同期发表；第二，小说这种文学形式突然间取代了拉丁美洲典型的声音——诗歌；第三，绝大部分"文学爆炸"作家对菲德尔·卡斯特罗和古巴革命的态度一致。现在，时过境迁了，当时的朋友已经离散，政治观点、社会地位、生活条件已经有很大悬殊，这一切不免令人感叹。然而何塞·多诺索并不悲观，他以欣喜的心情看到了"后文学爆炸"的一代青年作家正在崛起，虎虎有生气。他说："或者，就像常常发生的那样，在辉煌灿烂的几代过后，将会有一个枯竭时期的到来？看来不像。如果把赌注押在阿雷纳斯、瓦克盖兹、阿西斯、桑切斯、斯卡尔梅达、伊莎贝尔·阿连德或者索里亚诺身上,可能会搞错。但是,如果没有他们,就会有另外一些人,因为我觉得精彩的拉丁美洲小说如今已经牢牢地在全世界站住了脚。"

我建议《"文学爆炸"亲历记》的读者们读一下何塞·多诺索著的长篇小说《旁边的花园》(1981年巴塞罗那的塞依克斯巴拉尔出版社出版,其中文译本由我和罗海燕合作翻译)。论及这部作品,一位评论家说:"何塞·多诺索继承了布莱斯特·加纳①以来的现实主义及社会批评的传统。"它非常真实地反映了流亡到西班牙的一些拉丁美洲作家1980年前后的生活,而且作品中有很多自传的成分。书中阐明了自长篇小说《别墅》问世以后,作者在文学创作方法上的变化,解释了他过去为何不返回智利,表明了他日后定然要返回智利的信念。小说虽然是杜撰的,却表明了多诺索对许多问题的见解:艺术、政治、生活、情爱、父爱以及对人生的认识和对名誉的看法。这部小说涉及"文学爆炸"的问题。何塞·多诺索认为:"它首先是一部'反爆炸'的小说,或者说'反《跳房子》小说'。"他说:"如果《'文学爆炸'亲历记》记载了有关的史料,那么,《旁边的花园》则揭穿了一个所谓'文学爆炸'的神话。"他认为这个运动一方面推出了一批有才华的作家,出版了印数以百万计的小说,使"旧时王谢堂前燕,飞入寻常百姓家",另一方面却妨碍了许多一般作家的成功,好像哥伦比亚只有加西亚·马尔克斯,秘鲁只有巴尔加斯·略萨似的。有些出版商,他们并不懂得文学和文艺理论,但是,出于商业需要,吹捧一些作家,贬低另一些作家,他们主宰着作家的命运。在这部"反爆

---

① 布莱斯特·加纳(1830—1920),十九世纪拉丁美洲现实主义文学家,智利小说的开拓者。

炸"小说中,多诺索不止一次地表达了拉丁美洲作家力图摆脱出版商的控制的强烈愿望,他问道:"是作家在进行创作,还是他们在被别人创作?"在这部小说中,他巧妙地把主人公的故事与自己的经历融为一体。他不是回忆自己的过去,而是塑造了另外一个人——失败的作家胡利奥。他有意避开"文学爆炸"中某种类似题材作品的写作手法,不像巴尔加斯·略萨的《胡利娅姨妈与作家》那样真实地记载了作家和姨妈之间的一段浪漫史,在《旁边的花园》中,虽然何塞·多诺索和他的妻子玛丽亚·比拉尔的身影随处可见,书中描写的西切斯、马德里、丹吉尔的经历直接源于他们的真实生活,他们的追求、思索、忧虑和苦恼,通过胡利奥夫妇跃然纸上,但是,何塞·多诺索此时可不是什么失败的作家。截至1981年,他光在塞依克斯巴拉尔出版社就出版了八九部作品了。他只是通过这个侧面使我们对"文学爆炸"有个更清楚的认识。

说到何塞·多诺索,对于中国读者,这已经不是一个陌生的名字了。二十世纪八十年代初,他的短篇小说《迪那马尔盖罗》被译成中文发表在我国杂志上。1986年他的《这个星期天》和《没有界限的地方》以《周末逸事》为书名,由黑龙江省北方文艺出版社出版。1987年《加冕礼》由山西省北岳文艺出版社出版。1988年《旁边的花园》由云南人民出版社出版。1990年《污秽的夜鸟》由沈根发和张永泰翻译,在吉林长春时代文艺出版社出版并荣获新闻出版署颁发的首届全国优秀外国文学图书三等奖。多诺索的另一力作《别墅》也已经翻译完毕,不久即将问世。此外《文艺报》《外国文学》《外国文学动态》等报刊上也发表过评介何塞·多诺索的文章。在全国西葡拉美文学研究会上也宣读过有关他的论文。大学生写毕业论文时也有人选这位作者为研究对象。

1983年年初,我正在墨西哥学院进修,从那时起开始对多诺索进行介绍和评论。快十年了,我翻译了他的五部作品,有时单独完成,有时与人合作,主要合作者是罗海燕。现在翻译的是他的第六本书。我觉得对他的生平、作品和思想有初步的了解,但一直无缘与他建立直接的联系。1991年9月,在西班牙,当我快译完《"文学爆炸"亲历记》时,一股冲动使我贸然直接给他写了一封信,向他介绍了一下近年来我的研究情况。回到北京后不久就收到他1992年1月20日的来信,他在信中热情洋溢地说:

……是你发现了我,并且在你们国家研究我……我非常高兴认识了你。你能否帮我个忙,把我有哪些作品何时译成了中文列一个完整的清单。我这里先向你致谢了。我终于认识了你,非常高兴。

我刚刚出远门回来,直至此时才看到你的来信。我去美国做了些讲座(我真想到中国做讲座),在加拿大(多伦多)我去找过一名肝脏专家,长期奔波以后,在墨西哥休息了一下。我要告诉你,1991年年初我大病一场,病情严重,差点去了另一个世界。我在诊所住院六个月,虽然我多次旅行,我还是觉得自己很虚弱。有过一次严重的出血,有一阵子人们都说我要死了,直至一次输血后才有疗效,我才一点点地好起来。从那时候起,我没有写过一行字。直到现在我才像个健康的乖孩子一样,做我日常的功课——为四个半月以来堆在我书桌上的信件写回信。我希望这还意味着当我复信完毕以后,可以进入那部已存在于我想象之中的新书的创作。写完回信以后,我可能用一段时间到位于智利南部的奇洛埃岛去,我想去写一部游记,那将是我的第一本游记。

这件事使我很振奋,因为做新的事情总是很鼓舞人心。

……我想知道,从内部的眼光来看,当今中国文化生活到底是怎样的。……三年前,看了《时报》星期专刊登载的一些使我感兴趣的图片以后,我在旧金山唐人街上买了一把宜兴紫砂壶,我确实很欣赏它。当然,那些图片拍的是一些古董,因此是高质量的艺术品,但是我知道宜兴的东西仍在生产。我恳求你通过中国驻智利使馆给我弄点来。同时看能不能使他们正式邀请我和我的妻子访问中国,我很高兴尽一切努力得到邀请……在你们国家我有多少读者?我的知名度有多大?……我求你,一旦可能就给我写信。请接受我这个位于世界之角的作家的深情和友谊。

何塞·多诺索

这就是何塞·多诺索的近况。他辛勤创作半生,足迹遍及天涯海角,虽然已经成为世界级著名作家,仍以一位兄长的亲切口气与一个从未谋面、远在中国的普通译者写了一封充满感情的信,娓娓诉说他的病痛和日常生活。他已经近七十岁了,长期经受疾病的折磨,可对生活总是充满挚爱,构思着新作品的创作。他的信中反复表示了他对中国执着的爱和到中国来的愿望。还希望得到中国宜兴紫砂壶。接到他的来信以后,我的阿根廷朋友罗伯特马上给我弄来一套上好的紫砂茶具,但愿它们能早日送到何塞·多诺索夫妇手中。同时我也希望他俩有机会早日到中国来访问。要不然我就到那个世界之角去找他们。

段若川
1992 年春于北京大学蔚秀园

"文学爆炸"亲历记

> ……作品最终的美永远不会被同时代的人感觉到;但是这些人应该,我认为,感到惊讶。
>
> 弗吉尼亚·吴尔夫《女作家日记》

> 给我山峦般大的羡慕,我将还报给你世界般大的名望。
>
> 佩雷斯·加尔多斯《被剥夺遗产的女人》

I

在动手写这些记录之际,我愿不揣冒昧地提出这种看法:如果说二十世纪六十年代西班牙语美洲小说达到了那个高度,确实有一个值得商榷的、被称为"文学爆炸"的存在,那么首先应当归功于那些曾致力于否定它的人;而"文学爆炸",不管它是真正存在或是杜撰出来的,不管它是有价值或是很一般,特别是由于它与随之而来的难以置信的狂欢节混淆在一道,它终究是歇斯底里、妒忌和偏执狂的一大创造。如若不是这样,读者则可心安理得地持这种看法:在刚刚过去的十年,西班牙语美洲小说——根据不同的爱好,也许把这一部分算进去,也许把那一部分算进去——曾经有过一个非凡的高潮时期。

  从二十世纪六十年代起,在西班牙语美洲出现了很多高质量的小说,从这些小说出现直到如今,我仍然认为其质量是不可否定的,并且,由于历史-文化等种种情况,值得引起国际上的重视。从墨西哥到阿根廷,从古巴到乌拉圭,这些作品曾经并且继续在文学上造成反响——我要强调一点,我是专从文学上讲的,而不是讲销售额,销售额仅仅是反响的配料而已。只消对比一下《百年孤独》的惊人数字和《天堂》的极少数字就一目了然了。然而这两本书无疑都是这假定存在的"文学爆炸"行列中的优秀小说。在用卡斯蒂利亚语①写的现代小说范围内,此情此景闻所未闻。因为,以布拉斯科·伊巴涅斯为例,在他那个时代,即便他有世界影响,人们也不敢奢望他的作品超越商品文学而成为别的什么;二十世纪上半叶用西班牙语写作的"文学性"小说的大作家,不论是西班牙语美洲的还是西班牙本土的,和与他们同时代的德国、美国、法国、英国作家相比,他们的名气已经慢慢消失,没有为当代小说家的成长留下什么重要痕迹。

  那么,什么是"文学爆炸"?其中包含多少真实成分?有多少虚假成分?对这个刚刚结束——如果确实已经结束了的话——的文学现象,无疑很难下一个哪怕稍许严谨的定义。"文学爆炸"作为一个整体存在,并不是由于它的成员作家专权,由于他们在美学和政治观点上的一致,以及由于他们之间忠贞不渝的情谊,反倒是由对它持怀疑态度的人杜撰出来的。总而言之,也许有必要在一开始就指出,这

---

① 即西班牙语。

里有简单的偶合成分,然后才可能,也许才能正确地从历史-文化的角度来解释:位于同一大洲的二十一个共和国,那里用多少有些变化却都能相通的卡斯蒂利亚语,在没几年的时间内写出了一些成熟很早或相对而言成熟得较早的作家的优秀初期作品,这些作家有,比方说巴尔加斯·略萨、卡洛斯·富恩特斯,而差不多是同时,年龄稍大的有影响的作家达到顶峰的作品也出现了,这些作家是埃内斯托·萨瓦托、奥内蒂、科塔萨尔,这样便形成了一个轰动一时的巧合。从1962到1968这短短六年间,我读了《阿尔特米奥·克罗斯之死》《城市与狗》《绿房子》《造船厂》《天堂》《跳房子》《英雄与坟墓》《百年孤独》以及当时刚刚出版的其他小说。突然涌现出十来部起码算得上是引人瞩目的小说,填补了原来的空白。

这是一个中性的事件,正如文学史上记录的那样,但是"Boom"①这个英文单词却绝不是什么中性的,相反,它包含了许多内容,除了承认其规模和特大量这一点之外,几乎都是贬义的或者是值得怀疑的。"Boom"是一个象声词,意思是"爆炸";但是随着时间的推移,人们渐渐给它加上了"虚假"的含义,是从一无所有中喷发出来的,本来就没什么东西,留下的更少。特别是意味着这个短暂的、空泛的过程,必然缺少质量和开拓性,必然流于欺骗和腐败,正如布莱希特在《马哈哥尼》中所描绘的那样。也许最早给新兴的拉丁美洲小说起名号的人以及那些急忙把这个名号传播开来的人,并不想给它以任何溢美之意。

此外,不论是评论家、读者、想申请加入其中的人,或是作家,就哪些小说家、哪些小说属于"文学爆炸"这个问题从来不曾有过一致

---

① "Boom"原是一个英语单词,在本文中依惯例将它译成"文学爆炸"。

的看法。它的政治和美学的特征是什么？它接受过哪些奖,有哪些出版社、哪些文学代理人、哪些评论家和哪些杂志？时间经历了多久？是在什么条件下接受的？它的徽章和标志是由什么人、在地球上的哪个地方颁发的？是在布宜诺斯艾利斯、哈瓦那、纽约、巴黎、巴塞罗那或是在墨西哥举行的颁发仪式？谁都不清楚"文学爆炸"是何时产生的。如果有谁同意它现在确实存在着,或者曾经存在过的话,也没人打算讲明他是怎样察觉到它的存在的。另一方面,谁也不知能否断言这个幸运的"爆炸"是否已经结束。西班牙语美洲小说的"爆炸"很奇特,到底有没有这回事,对此有争议,却又未形成真正的论战。因为,假如存在着一条山谷的话,谁都不愿意确定自己是站在山谷的哪一边。于是只有由各色各样的造谣者炮制的流言不断地流传。其实正是这些造谣者面临被排除在外的危险,或是证实了他们的国家没人够格进入光荣的行列,于是就抛出了床单,罩在自己恐惧的鬼魂头上,把恐惧包裹起来①,这给"文学爆炸"飘忽不定的令人惊讶的外在形式下了定义。"文学爆炸"就这样被发明出来了,人们就这样把它从文学世界中提出来,引入出版界和熙熙攘攘的尘世。他们不切实际地大肆宣传,指责其成员沽名钓誉有术。因为他们有如"黑手党"的党魁,控制着秘密的赌注处,以确保成功。于是造谣者使"文学爆炸"在读者面前保持一种统一的假象,其实相信"文学爆炸"是个统一整体的,只有这些造谣者自己,就像他们在幻景中看到的那样:那是个针插不进水泼不进的共济会,是个互相吹捧的社团,这个享有特权的阶层随心所欲而残酷地表示看法,说谁属于、谁不该属于名单之内……谁也说不出个为什么……

---

① 根据西方说法,晚上鬼魂披着床单出来活动。

诽谤"文学爆炸"的人五花八门，也许嚷得最凶的是那些自认为被一些霸道的人不公正地拒之门外者，出于报复竟做出了被称之为"文学人行道"的事情来。这就是说，依靠写专门作对的文章，举行专门作对的讲座，以此来赚取荣誉。还有那样一些学究，他们埋头于文本上，用汗涔涔的软弱无力的手摆弄着那些名词，来证实缺乏"文学上的完全独特性"。其实任何一个严肃的作家从来不会企望他的作品达到这种完全的独特性。存在着一些危险的私人的怨敌，他们把自己的仇恨扩大到他们那偏执狂的想象力所及的整个群体。还有一些头脑简单的人，由于出了一本处女作，得了不怎么重要的奖了，从而增添了光彩，便向报界断言他们现在也是"文学爆炸"的成员了，并且以一个并不存在的群体的名义发表演说。其实即便是真的存在着这样一个群体，其成员的立场也会有很大的悬殊。还有一些人是嫉妒者和失败者，是一位教授，想当小说家又没当成，或是某个负责国际事务的堕落的官员。还有一些人很天真，他们相信一切，人云亦云，人们开始赞扬"文学爆炸"时，他们也赞扬，但是他们预言不了它会达到什么高度，后来又否定它的价值和存在，现在又坚信，他们否定过其存在的事物已经死去。还有一些人被所谓的"魅力"弄得眼花缭乱："……难以抵御的诱惑，豪华的喷气式客机，丰厚而甜蜜的稿酬，为费里尼一家人的健康而干杯的绝妙的、醉人的马提尼酒……"还有一种独一无二的现象，那就是像米格尔·安赫尔·阿斯图里亚斯那种有资格的人，当他感到时间的苔藓开始掩盖他那有血有肉有骨头的华丽辞藻，便指责剽窃现象，并在萨拉曼卡的一次讲座中断言，当前的小说家"纯粹是广告的产物"，打算以此维护自己。

面对这假设的"文学爆炸"，某些国家的心态也许最奇特了：阿根廷，从总的来看是那样丰富，那里本身就构成了一个单独的奥林匹斯,一个有价值的国内的"文学爆炸",或者像他们所说的那样,一个"小文学爆炸",有自己专用的名册,有自己的看法和价值。他们把很多人删除,因为"是我们范围内不够熟悉的作家"。另一方面,智利,在二十世纪六十年代被认为是"没有小说家"的国家,但毫无疑问,是诗人的国度。在合情合理的政治热情没有使文学热情退居第二位之前,人们在文学方面怀有一种自愧的心态。一位智利最高傲的、令人生畏的女学究,在一个冬天的下午,不请自来地屈尊到了我在巴塞罗那瓦尔维德莱拉的家中,当时我正拼命工作,想写完我的《污秽的夜鸟》,她又来对我重弹"智利没有小说家"的老调。"恩赐"给我的是,使得我,一个小说家,一个月之内一点事也干不成。西班牙,对于"文学爆炸"持一种痛苦的具有双重意义的姿态,一方面钦佩,一方面摈弃,既竞争,又款待。总而言之,如今没有任何一个国家像西班牙那样,对"文学爆炸"的基本轮廓如此了如指掌。

  我应当澄清一下,我的这些记录并不想为"文学爆炸"下定义,我不想自命为"文学爆炸"的历史家、编年史家和评论家。我在这里说的任何东西都不打算具备某种确立教条的解释性理论的普遍效力。在大多数情况下,我的解释、我的引文和我掌握的情况很可能既不全面又不确切,而且,由于我在"文学爆炸"行列中值得争论的地位这个老难题,这些情况可能是走样了的。我这里所说的只是个大概情况,是试探性的、主观的。因为我更愿我的见证真实而不一定那么分毫不爽。我属于那些搞不清"文学爆炸"那浮动不定的界限的人。我认为自己没有能力确定那假设的形式……那么,怎么能谈得上去领悟它的内容呢?但是,不管我的作品在当代西班牙语美洲小说中占什么地位,属于什么类别,它们是在六十年代之中或六十年代前后出现的,因此我觉得自己与我们这个世界的文学氛围的流派和浪潮联系在一起,被它们制约。文学氛围的变化是由某些小说的出版决定的,这些变化大大地影响了笔者本人的看法和写作。对这些作品我个人有什么看法,把这些见证写出来,写出我曾经有什么感受,现在仍然有什么感受,说一说从我所处的角度是怎样看到这种变化的到来,这种变化对我来说具有什么意义。我相信别人的见证会和我的不同,甚至会与我的相反,比方说不同于萨尔瓦多·加门迪亚、胡安·鲁尔福或是卡洛斯·马丁内斯·莫雷诺的。也许这就是我这些记录的最重要意图。

II

我从谈几部"值得国际上注意"的作品开始。我这样做并非无意,因为我觉得最近西班牙语美洲小说最有意义的变化总是与国际化进程联系在一起。

说到国际化,我并不是指出版社最近的贪婪,不是指各式各样的百万元奖金;不是指巴黎、米兰、纽约各大出版社的大批译本;也不是指现在有一群读者,他们对文学的小道消息很感兴趣,而这些人所占的比例之大,十年前是不可想象的;我也不是指各大都会毫不隐瞒自己兴趣的那么多杂志、电影以及文学代理人;我也不是指在成百所美国大学里无数博士论文都以西班牙语美洲小说家为研究课题,而在这一切发生之前,至少必须是以其名字命名街道的作家才具备这个资格。尽管无人知晓究竟是鸡先下蛋还是蛋先孵鸡,我总认为,从所有这一切表面上积极的、鼓舞人心的现象——但总是比偏执狂们的传说里编造出来的规模小得多——都是西班牙语美洲小说国际化的结果,而不是它的原因。我不打算在这里重复关于这一切的奇闻逸事，应该谈一点更避而不谈的话题，那就是西班牙语美洲小说是怎样开始用国际语言讲话的，谈到六十年代以前我们的小说——总带点乡土味道——在那样的环境中，作者和读者的兴趣和美学价值观怎样逐渐改变，直至西班牙语美洲小说达到现在的成就，进而导致有趣的狂欢节式的夸张。

1960年以前，除专家以外，很少听人说起"当代西班牙语美洲小说"。那时候有乌拉圭小说、厄瓜多尔小说、墨西哥小说和委内瑞拉小说。各个国家的小说仅仅局限在它的国境之内，它享有多大名气，能持续多长时间，在大部分情况下仅仅是属于地方性的事情。除了在选集里，在课堂上，在书本里，"当代西班牙语美洲小说"几乎就不存在，青年人对它高度怀疑。作为一个西班牙语美洲国家的小说家，他为自己的"教区"写作，写自己的"教区"里的事情，用他那"教区"里的语言，面向那"教区"提供给他的读者——读者的数量和质量大不相同，巴拉圭的不同于阿根廷的，墨西哥的不同于厄瓜多尔的。除此之外，不能有更多的奢望。

仅仅十年以前，那些西班牙语美洲小说家的孤立处境，由于缺乏鼓舞和得不到反响而感受到的憋气，对于没有经历过这一切的人，对于年轻的文学爱好者，对于新近跻身这一事业的人来说是不可想象的。他们只习惯于看到，一旦出现一个新的西班牙语美洲小说家，肯定就会有六七家出版社来争着要他的手稿，他的作品至少也有人读。现在谁也不能相信，为出版一本小说必须战胜一些简直无法克服的困难，而在十年前，在我们这些国家，这是很寻常的事情。

不仅中学和大学，而且还有出版社、报界和谨小慎微的文学评论界，都把美洲大陆以前各代的经典著作当作唯一的典范和必不可少的参照点灌输给我们。"大师们把他们的教诲之职拖得太久了，从远处看,给人的印象是,在他们国家齐根儿割断了青草,使得任何新东西都长不出来了……"安赫尔·拉马这样说道。一再地印刷这些"大师"的作品,称赞它们,研究它们,教人们怎样欣赏和写出类似的作品,比如《堂娜芭芭拉》《堂塞贡多·松布拉》《毛驴兄弟》《在底层的人们》《旋涡》等。确实,这对于出版社来说不冒任何风险,甚至不冒经济危险,因为这些是中学和大学里的必修读物,因此可以无所顾忌地一版再版。我认为我们祖父辈的伟大作家丰碑式的至高无上的存在孕育了我们孱弱的父辈,像这种情况常见的那样,由于沉湎于短短的传统沾沾自喜,他们变得虚弱,导致我们已经不高兴与他们认同了,我们没有父辈了,可是恰恰由于这一环节的失落,便没有什么传统奴役着我们了,因为(我首先讲的是自己的体验),与对别人的父辈的兴趣相比,我们对自己父辈的兴趣要小得多。

对于文学爱好者来说,最令人鼓舞的也许是刚起步的作家能感受到当代的事物在另一作家的篇章里获得形式,那些传统的或是神圣的东西,毫无疑问,十全十美,但是太遥远了。而质量不好,或是质量值得怀疑的当代的东西与前者相比,往往更有朝气得多。因此,尽管我们打算把许多荣誉让给长期占据广告栏的伟大的经典小说,但它们以及由它们派生出来的小说都让我们觉得,对我们的感受和我们的时代来说很陌生,很遥远,与我们崭新的美学相去甚远,而我们的这种美学不仅由当今世界的问题决定,而且由人们一视同仁地阅读那些新作家的作品而决定。这些新作家一方面使我们眼花缭乱,另一方面又渐渐造就了我们。他们是萨特和加缪,我们刚刚挣脱他们的影响,还有君特·格拉斯、莫拉维亚、兰佩杜萨,不管是好是坏,还有达雷尔、罗布-格里耶以及他所有的追随者,塞林格、凯鲁亚克、米勒、弗里施、戈尔丁和卡波特,以帕韦泽为首的意大利作家,以"愤怒的青年"①为首的英国作家,他们与我们年龄相仿,我们觉得自己和他们一样。这一切都至少是在虔诚地生吞下并消化了"经典作家",如乔伊斯、普鲁斯特、卡夫卡、托马斯·曼、福克纳的作品之后。时隔十五年,当我们重读这些在当时被如此肯定为当代作家的第一批小说家的作品时,我们会为短暂的文学上的准确性竟如此脆弱而感到震惊,并且不禁要问,如今我们对"文学爆炸"的某些小说的看法的准确性又能持续多久呢?但是我认为,当人们希望以代表当代的形式来表现自己时——这与利用现在的陈词滥调很不相同,但人们常将这二者混为一谈——会经受过早消亡的危险,而这是文学游戏极其重要的部分,使它具有规模,变得带有危险性,从而不仅对作者,而且对有洞察力的读者有诱惑力。因此,那些写出西班牙语美洲最重要小说的先生以及他们后辈之中的大部分人,全都向西班牙皇家语言学院称臣,他们的文学态度和生命运动都已经老朽,使我们觉得他们就像公园里的一尊尊雕像,只不过是一些人的胡子比另一些人的胡子更多,一些人的背心上挂着怀表,而另一些人没有挂着而已,但从本质来看,他们可以混同起来,对我们已没什么影响了。不论是达尔马还是巴里奥斯,不论是马列亚还是阿莱格里亚,他们对我们的吸引力远不及劳伦斯、福克纳、帕韦泽、加缪、乔伊斯和卡夫卡。在西班牙文学课上,老师常常给我们举例,提到一些作家,在某种程度上我们甚至把他们称作是"自己的"作家,他们是阿索林、米罗、巴罗哈、佩雷斯·德阿亚拉,但是,拿他们与同时代其他语言的作家相比较,我们也感到他们的静止不动和贫乏。也许在"文学爆炸"的小说家与同时代的西班牙小说家之间,最大的差别是时间差别——外

---

① 指二十世纪五十年代英国的文学运动。

国文学的影响,特别是卡夫卡、萨特和福克纳的影响较早地在前者身上开花,要没有这三位作家,"文学爆炸"就无法确立,而与此同时,西班牙作家则不得不在相当长的时间内束缚在自己不朽的传统上,这个传统是一个环节都不缺少的。当今的西班牙语美洲小说则不同,它一开头就是混血的产物,而不大知道有什么西班牙语美洲传统(不论是西班牙的还是美洲的),它几乎完全从别的文学源泉起步,因为我们当孤儿的感受使我们毫不犹豫地接受美国人、法国人、英国人和意大利人的影响,他们的作品,比方说,与加列戈斯、吉拉尔德斯或是巴罗哈的相比,更让我们觉得是"自己的"。

继那些经典著作之后,西班牙语美洲小说献给我们的大众趣味,以及评论界想作为最近的前辈强加给我们的——我这里特指智利,因为这是我的亲身经历,但我猜想,在这一大洲的其他小国和穷国情况大概也差不多——是克里奥约主义作家,在别的场合也叫风俗主义作家或地方主义作家。正当年青一代博览群书,立志首先打破疆界,从而不断拓展自己的世界之时,克里奥约主义作家、地方主义作家和风俗主义作家却像蚂蚁似的忙着加强地区与地区之间、国家与国家之间的防线,使它们坚不可摧,严丝合缝,这样做是为了保持我们的本色——显然他们是看出这方面有点脆弱,而且不太清楚——不要被破坏,或者不要消失。他们用昆虫学家的放大镜逐个地为动植物确定类别,并为具有我们自己不容混淆的特征的种类和语汇分类造册,一部小说若是被确认为"好的",那就是因为它忠实地再造了本地人的世界,那专门把我们与本大洲其他地区和国家区分——把我们隔开——的东西,这是一种不折不扣的沙文主义式的大男子主义。其实,风俗主义、地方主义、克里奥约主义作家所完成的使命对他们来说非常合适,也曾令人肃然起敬。但是由于这一流派占了上风,它的模式影响到其他作家和评论家,致使他们毫无道理地非得采取这正当的却是很有限的尺度作为唯一标准。当他们采用这种尺度并将它推广时,便给文学兴趣定下一个框框。这类框框给西班牙语美洲小说带来了极大危害,可一些不大警醒的人仍在采用:他们认为只有"准确"地拍摄下我们的事物,只要一种可以证实的真实性,即倾向于把小说变成一部真实的文献,将真实的总体中的一个片段拍摄下来或收集起来,才是评定优劣的唯一的真正的标准。在智利曾经有些评论家,他们力图解释马里亚诺·拉托雷为什么不能当一名成功的小说家,就是因为他是外国人的儿子,因此不能真正准确地再现智利马乌莱①的世界。我不打算光举例说明这个标准只在智利占优势。记得在 1964 年,当我读到马里奥·巴尔加斯·略萨的《城市与狗》时,我当众表示自己马上被这本小说振奋了。当时驻智利的秘鲁文化参赞叫我注意,提醒我不要被这本试图反映利马的米拉弗洛雷斯区生活的小说欺骗……说他很熟悉这个城区,说他可以担保,这张"照片"不真实,以此来证明《城市与狗》的文学价值并不像读者认为的那样大。这么说文学的价值是从属于一种模仿性和地区性的标准。

与克里奥约主义作家一道的还有社会现实主义作家,他们也试图设置起隔离的路障:限定在民族性,限定在必须尽快解决的"重大社会问题"之中的抗议小说。他们还强加于人一种持久的带欺骗性的观点:小说首先应当是——不仅要与克里奥约主义作家所希望的那样,毫不含糊是"我们的"——"重大的""严肃的",是对社会进步"直接"起作用的一种工具。任何带有一点可能被指控为"唯美主

---

① 马乌莱,智利中部的一个省。

义"恶癖的姿态都会受到严厉谴责。形式方面的探索被禁止。不论是小说的结构，还是小说的语言，都应当是简单、平铺直叙、平淡无味、节制而贫乏的。我们丰富的西班牙语美洲的语言天生就是巴洛克式的、多变的、丰富的——这个样子被诗歌所接受，大概因为公认诗歌是属于少数精英的文学形式。可是，为大众的讲求实用的小说应当自觉做到直截了当，明白易懂，具有立竿见影的功效。这样一来，西班牙语美洲小说的语言看上去就像被这种要求的熨斗熨平了一样。任何神奇的东西，个人的东西，任何标新立异的作家，文学主流之外的作家，"滥用"语言和形式的作家，都被排除在外。由于这些多年来占上风的看法，小说的规模和能量令人遗憾地缩小了。1962年，我曾试图说服西格-萨格出版社再版智利超现实主义作家胡安·埃马尔和布劳略·阿雷纳斯的作品，但是他们不肯这样做，因为这两个人被视为奇怪的、仅仅为专家写作的作家。这并不奇怪，我还想让他们再版托马斯·曼的《约瑟在埃及》和弗吉尼亚·吴尔夫的《海浪》，对这些作品西格-萨格出版社是享有版权的，而且译本非常好，回答也是同样的，说那是为"专家"写作的作家，不值得再版这些书。

　　这些带来贫乏的模仿性标准，况且还是模仿能证实为"我们的"事物——社会问题、种族、风景等——变成了衡量文学质量的尺度，这是为小说设置的最大障碍。因为，一部作品的质量只能由它所描写的那个国家和地区的居民来判断，并且，只有他们才有此义务。既然占主导地位的是实用效果而不是文学效果，那么，那些拥有许多未经加工的素材的小说在国外既不会被接受，也没人对它感兴趣，于是只能得到地方主义的蚂蚁们所期望的东西：宣扬排外主义和沙文主义，设置起栅栏把国家与国家分开，从文学角度把各国孤立起来，把小说变成是堆垛细节的东西,其真实性问题只能在自己的"教区"里解决,因为只是在那里才会有人对此感兴趣,于是西班牙语美洲的每一个国家就形成一个闭关自守、夜郎自大的奥林匹斯。可我们青年作家却不满足于这一点,尽管它们的压力——而不是它们的影响——曾强加在我们头上,强加在我们最早的几部小说上。这种压力大多是民族主义的禁欲主义与为我们带来更复杂思想的外来巨大浪潮相抗衡的结果。那时我们是孤儿,然而这种孤儿境遇,这种拒绝我们前一代的小说家强加的"我们的"东西的姿态,在我们身上造成了一个空白,一种在本国小说范围之内找不到任何激动人心的东西的感觉。我很有把握地认为,我们这一代小说家差不多一味向外看,不仅朝西班牙语美洲之外看,而且也越过同一种语言,朝美国、撒克逊语言国家、法国、意大利看,去寻找养分,开放自己,让自己感染各种从外部来的"不纯粹"的东西:宇宙主义的、时髦的、外国化的、唯美主义的东西。在当时人们单纯的眼光中,新小说家采取的是离经叛道的做法。当豪尔赫·爱德华兹发表他的第一部故事集《院子》时,他说,与我国文学相比,他对外国文学更感兴趣,更加熟悉。我还记得当他这样宣布时,在智利这样的环境中引起了多大轰动,造成了多大震动。他在我们那一代人中是独一无二敢讲真话并且指出这个事实的:在我国——我设想,在我们所有西班牙语美洲国家中,我们发现,在先于我们的那一代作家中间,不仅找不到任何人在文学创作上鼓励我们,相反,当他们看到有几个作家竟敢从那可证实的、有实效的、民族现实的、已经习惯的老路上离经叛道时,对我们甚至会采取一种敌视的态度。

我觉得缺乏自己文学上的父辈,这最大限度地丰富了我们这一代人,这给予我们极大的自由。从多种意义上说,上面谈到的那个空白促成了西班牙语美洲小说国际化。阿根廷人可以把博尔赫斯假设为父辈,但是也许人们忘记了,直至几年之前,博尔赫斯还只是从文化和社会角度来说非常有限的少数精英的偏好,那时候年纪还很轻的人通常并不与精英们共享这一偏好。意识到博尔赫斯的价值是很晚的事情了,如同我们这个天地的许多情况一样,他是在外国被人"发现"和取得成就之后突然红起来的,所以他这个父辈也只在最后一刻才生效。卡彭铁尔在古巴的情况也一样,也是很晚。

二十世纪五十年代末期,特别是进入六十年代初期的西班牙语美洲青年作家,在读者面前处于这种状态:读者不知把他们当作标新立异者合适,还是干脆当作赶时髦者合适。文学的兴趣被压缩为对西班牙皇家语言学院的畏惧,这个学院顶多能戴上一顶现代主义的花冠;或者文学兴趣变成一种偏见,人们鼓噪说教,采取一种大男子主义姿态,说只能接受一种"美洲的"语言和从来没确定过范围的本地题材。然而,由于受到外国文学和语言的感染从而发生改变,由于与其他艺术形式——比如电影、绘画、诗歌——的接触,由于吸收各社会集团和特殊阶层的各种方言、黑话和矫饰风格,由于顺应神奇的、主观的、被排斥在外的事物和激情的要求,新小说跨越了界限,或者压根就不管有什么界限,超脱了"教区"的范围。现在一个智利作家写的东西不仅要让塔尔卡人和利纳雷斯①人看得懂,而且要让瓜纳华托②人和恩特雷里奥斯③人看得懂。

我这里想再补充一下,并不是文学评论界没有给我们找出几个本大陆的父辈,而是,很自然,他们首先推崇的作家,虽然多半不能忽

---

① 塔尔卡与利纳雷斯均为智利地名。
② 瓜纳华托,墨西哥地名。
③ 恩特雷里奥斯,阿根廷地名。

视他们的长处,然而他们离当时青年们追求的美学距离实在太远了。他们是爱德华多·马列亚、赫尔曼·阿西涅加斯、阿古斯丁·亚涅斯、米格尔·安赫尔·阿斯图里亚斯、西罗·阿莱格里亚、阿图罗·乌斯拉尔·彼特里,这种祝圣仪式是可以解释的——当然,这个仪式被遗忘也是可以解释的,或者,起码对接踵而来被打入冷宫也是可以解释的,如果我们想到那些急于推出英雄的评论家通常推出比较老的,文学旨趣适应于上一辈的人的话——评论家一般倾向于赞扬那些与他们相似的人,与他们有共同语言的人,推崇那些感觉和爱好与已认可的旨趣一致的作家。也就是说,评论界的权威造就小说界的宗师。他们从来不推崇令人吃惊的、无法解释的、奇特的和不入流的作家,那些作家默默无闻却与同时代被推崇的作家平行地一道存在,人们不禁会带着一点恐惧地问,当今看来如此新鲜大胆的"文学爆炸",过了一段时期,会不会被将来靠固定位置登台的青年作家视为那类权威宗师?但是评论家的沉默不语和眼光短浅蒙蔽了我们,至少是蒙蔽了我:尽管我在小说方面是相当好奇的,总想寻找新的东西,但我直到十年到十五年之后才读到他们的书:我在1946年读了《广漠的世界》,但是到1957年才读《消逝的脚步》,而更晚些时候才读到奥内蒂的作品;我在1947年读了《宁静的海湾》,但是在1959年才读《阿莱夫》。六十年代,在智利简直就没有人知道谁是博尔赫斯和卡彭铁尔。奥内蒂的书印数少得延误了他作品的流传。即便有人知道博尔赫斯和卡彭铁尔,也会由于前者的变形和欧化倾向,以及后者繁缛的语言,而指责他们是唯美主义,说他们写的是无用的文学。然而,西罗·阿莱格里亚、赫尔曼·阿西涅加斯、米格尔·安赫尔·阿斯图里亚斯、爱德华多·马列亚却可以庄严地代表着他们大陆的本色,好像卓越的维多利亚时代的人代表着大英帝国的优点一样,显示着他们奋斗的最显著的水平。这些作家的作品在他们那个时代被译成几种外国文字,但传播的范围非常有限。

要不是由于他们占领着当时小说的舞台中心,为人师表,从而造成青年小说家被严重排斥和孤立,这种情况完全不值得什么特别的批评。在每一个国家,谁都不知道西班牙语美洲其他国家的人们正在写些什么,这主要是由于第一部小说或第一部故事集要想发表和发行非常困难,打破那些权威的圈子,让随便哪家出版社——在那些小国这些出版社差不多都有点穷,而在那些大国,出版社又倾向于外国文学——冒险为一个不知名的人出书是不可能的,即便这么做了,也只是推出一两千册,让这些书堆在出版社的仓库里吃灰,连国境也出不了。金头发的罗哈斯-帕斯靠着她在布宜诺斯艾利斯文学界的影响,带着我,我胳膊底下夹着手稿来到洛萨达出版社,可到了那里,他们不仅没有读我的手稿,而且连收都不肯收。他们正热火朝天地忙着出阿图罗·巴雷阿的作品哪。孤独使我们折服,相信这种情况是正常的,是唯一的可能。"先生,在我们那个时代,人们不能成功。"德加对一个埋怨难以获得成功的青年这样说。我们的局面犹如十九世纪时那样,像德加年轻时候一样:占主导地位的是一种沮丧,一种静止,一种我们所做的一切被贬低的感觉,并且感到这种局面不可改变,之所以这样是因为从来都如此,并且将继续如此。

我在1955年发表自己的第一部短篇小说集《消夏》。智利的西格-萨格、纳西门托和太平洋几家出版社对我的原稿不感兴趣,因为他们不能冒险为一个作品在智利发行得不到保证的作家出书——那时候还不会设想在整个西班牙语世界发行图书。由于我没有钱,又不是可以"向爸爸要钱"的年龄了,我便找到十个女性朋友,让她们每个人在印书之前售出十张图书征订单,拿到了这笔现金,我交付了大学出版社要求我付清的第一笔款子。我的书印出来了,但是没有版权页,印数为一千册,封面是由卡门·席尔瓦设计。征订的书分发下去了,销售剩下书的英勇运动开始了。要说服书商,让他们把书留下,哪怕是当作寄存在那里也是好的。与此同时,我和男女朋友们都做着同一件事,分头站在街角,把书塞到过路的熟人手中,直到凑够了钱去付清印刷费。达里奥·卡蒙那第一个在《埃尔西利亚》杂志上报道有关我这本书的消息。然后是评论家阿洛内(即埃尔南·迪亚斯·阿列塔①),在《墨丘利》报上支持了我。人们谈论着我,我终于成功地卖完了那一千册书。1956年我获得市级短篇小说奖,虽然有人把它翻译成别国文字,并且收入一些选集之中,但是要过十年之后,才有人再版这本书。

在智利,我们这一代差不多所有的小说家被称为"50年一代"作家。据说,这个名称是恩里克·拉弗尔卡德"发明"的,由于这一"发明",他受到了严厉批评,但是这个"发明"在文学上给了我真正的、最早的激励,并使我意识到我能做些什么——他们的情况与我的情况也不相上下。如克劳迪奥·贾科尼、阿方索·埃切韦里亚、阿曼多·卡西戈利、亚历杭德罗·霍多罗夫斯基、路易斯·阿尔韦托·海依雷芒斯、玛丽亚·埃莱娜·海尔特内、海梅·拉索等,大家全都靠有点令人惭愧的办法出版我们的书:靠恳求,靠强求,靠个人出售,或靠征订。豪尔赫·爱德华兹的《院子》的出版,那情景与我的书一样,在伊内斯·菲格罗亚的商店里与金恰马利的陶器以及其他工艺品一块出售。玛加丽塔·阿吉雷的《一个哑女的笔记本》是由一套

---

① 阿洛内是《智利文学亲历记》的作者,由于我觉得他创造的"亲历记"这种文体很实用,所以我的这本书也用了这种标题。——作者注

短命的丛书推出的。我永远忘不了玛加丽塔,怯生生的,带点嘲讽意味,黑黝黝的,胳膊底下夹着一摞她那薄薄的小书,登上那时候还存在的有轨电车,向她看着不太怀有敌意的乘客兜售自己的作品,就像我做过的那样。这就是五十年代我们能想的办法。

1957年,虽然我的短篇已经获得市级文学奖,虽然在某家酒吧,某个比我年轻的作家常常会认出我,可是在我为《加冕礼》寻找出版社的时候,西格-萨格出版社还是不敢贸然出版这本小说。他们的总编辑认为,不能为一本"难读的书"投资太大(这种文学见解会帮助念过这本小说的人来测量一下我们的思想,因为它要比一本《芬尼根的守灵夜》容易得多),可能卖不出去。我也去找过太平洋出版社的总编们,把《加冕礼》拿给他们看,因为这些人属于我们同一代作家,可他们也回绝了,还劝我删去许多东西,劝我更婉转一点。然后我去了纳西门托出版社,这是国内最有事业心的一家出版社(是在《埃尔西利亚》杂志社被西格-萨格出版社压倒而失去个性以后),他们同意出版《加冕礼》,但是附带一些非常奇怪的条件:要印三千册,且要我接受其中的七百册作为我放弃预支权以及结算权的报酬。我必须靠自己,私下售出这七百册图书。第二次英雄业迹又开始了。一堆一堆厚厚的,有着由内梅西奥·安图内斯绘制的黄色封皮的书放在各家书店里,一般来说书店是拒绝接收的,因为他们与纳西门托出版社有发行协议。男女朋友们又一次被动员起来,到大街、学校、集会场所、咖啡馆,每个人尽自己的力量去售书,我自己则是挨门挨户地兜售。我还记得父亲那仁慈的形象:他坐在联盟俱乐部门口一张高背热那亚天鹅绒沙发椅上,身边放着一大堆黄皮书,向和他一块玩纸牌或三人牌的牌友们兜售。

《加冕礼》在它出版的那一年,在智利就算是"成功"了,它是在

1957年的最后一天问世的。但是人们觉得三千册就够多的了,说到底,还打算卖多少呢?因此只有过了许多年才能再版,于是这本书总是缺货。既然"所有人"都念过了——那些年,在智利还有个"所有人"——干什么还要劳神再版呢?只有等它被宣布为中学或大学的课文时才再版,可这还早着呢。至于向其他国家发行和销售,那就更谈不上了。那时候差不多所有的小说都这样。出版和发行商既不进口也不出口,而与此同时,在讲卡斯蒂利亚语的广大地区内,人们都认准了不能生产自己的食粮,因而在挨饿。在五十年代末期,没有人察觉存在着这上百万可能的读者和几百名渴望着互相沟通的青年作家,我们这一代的作家,如马里奥·贝内德蒂、奥古斯托·罗亚·巴斯托斯、我,还有卡洛斯·马丁内斯·莫雷诺,大部分人的处女作打一开头就被限定在国界之内。在我国买不到外国作家的小说,同时也不可能出口我们的图书。据说是为了节约外汇,但是用来进口沃尔特·迪士尼画报的钱却有的是。

然而,我们的几本作品却奇迹般地渗透到国外去了。忽然会来一封信,那是有人在古巴、蒙得维的亚读到了这些书。这些书是怎么到那儿的呢?那本黄色封皮的《加冕礼》是怎么到尼加拉瓜马那瓜市的那家旧书店的呢?中美洲问题研究专家兼图书收藏家佛朗哥·塞鲁蒂就是在那里买到这本书的。1970年,费尔南多·托拉在巴塞罗那的一家低价书店里买到了另一本黄封皮的《加冕礼》,书商跟他要五十比塞塔。托拉当时没带钱。一个月以后,当《污秽的夜鸟》出版以后,书价上涨到四百比塞塔。另外一本落到日后成了我非常要好的女性朋友贝亚特里斯·吉多的手里。在布宜诺斯艾利斯的一个游泳池,有人把她介绍给一位智利女画家,女画家向她大发议论,说她看不出来为什么人们要对《加冕礼》发表这么多议论,这本书很一般……女画家还告诉她说,书的作者是她的未婚夫。贝亚特里斯·吉多立即跳进游泳池,潜入凉爽的水中。帕科·希内尔·德罗斯里奥斯在圣地亚哥向华尼塔·埃萨吉雷买了两本《加冕礼》,一本留给他自己,另一本给他的姻兄弟华金·迭斯-卡内多。卡洛斯·富恩特斯在后者的书房里头一次看到这本书,但是当时他没能念成,因为迭斯-卡内多对他说,不能把这本大厚书借给他,说它很有意思,很难弄到手。

这就是我们当时的命运:自费出版,顶风冒雨地去卖书,碰上顶好的运气时,就像《加冕礼》一样,受到本国评论家的欢迎,还有阿洛内在《墨丘利》报的文学报道为它说了好话,就这样进入国内荣耀的最低等级,也许会起步走向语言科学院,如果走运,会被推荐到外交界,这就是所谓的"文学生涯"。这样,在公共汽车上,或晚上和几个现在已去无踪影的朋友在博斯科喝酒的时候,也许会被某个一心想当作家的人认出来,或有时候应邀参加洛利托·埃切韦里亚家中举行的茶话会,这样就可以与一些"大人物"交往,耐心地等待某个不寻常的机会,以便得到足够的鼓舞,使我们不再恐惧,写出第二部小说,从而在国内的奥林匹斯那难以攀登的阶梯上又登上一级。在那阶梯上要跳跃升级是很困难的,因为一切都早已分好层次了。

当阿洛内把我带到玛尔塔·布鲁内特家里时,她对我说:"我还没有读你那本小说,但是我很感兴趣,因为人们说你继承了智利现实主义的伟大传统。"

玛尔塔·布鲁内特的这些话,三十年前也是被阿洛内"抛出来"的,她的这些话把我吓了一跳,使我懂得当时在智利,文学赞语是多么有限。就连最精明的、能领会欧洲小说千差万别的读者,除去裁决是否"准确地反映了现实"以外,都不愿去劳神领悟小说那模棱两可的隐喻世界:那是一种和睦友善的气氛(当然毫无疑问,也听得到个别不同见解的声音,这类声音一般来说,会演变成流言,见诸报端,成为个人恩怨的笔墨官司)。而从实质来看,是一股很不宽容的气氛,不容许有不同的或看上去游离于主流之外的文学倾向,这是一个没有多种兴趣、容不下各种可能性的世界。就这样,智利评论界几乎众口一词地称赞我反映"上层阶级没落"的"真实性",因为对大部分读者来说,这就是我的目标、我的目的和我的全部企图。只有少数人例外,他们能领会到我的几本书中某些深层的东西,除这少数人,迄今为止智利评论界一般始终停留在对同一层次的现实主义的称赞。对我的第一本小说就是这样称赞的,而到了我最近几本小说,现实的东西已经减弱到最低程度,而"批判意图"则已经不复存在了。

那时人们大大称赞第一部小说的风格轻快、纯朴、自然,说这种风格不是把作者和读者隔开而是把他们连接起来。人们称赞《加冕礼》中完全可证实的自然、亲切、日常生活化,"真实可信","简直像照片"一样朴实无华地再现了不同社会阶层之人的对话,一切全都那么简朴,那么自然。当然,要把最后那个荒唐可笑的场面除去,那个场面没多少人喜欢,一般认为那是一种不良的情趣的夸张。比方说,像冈萨雷斯·贝拉,他就不会犯这种错误,必须严格地按照经典著作的尺度进行调节。一位高层次的女读者读了《加冕礼》的第一部分——这部分确实很简单,很自然——之后,她打电话给曼努埃尔·罗哈斯,对他说:"我正在读在智利写得最好的小说。"几天以后,她读到了小说的第二部分,特别是她读到末尾,又给曼努埃尔·罗哈斯打电话,对他说:"我搞错了,它不像我曾经以为的那样,它不是智利最好的小说。"小说最后那个场面的自由性,关于鄂木斯克的情节①使她认为这本小说"浮夸",不淳朴。按照智利人的好恶,什么东西不"淳朴",那就是最厉害的谴责了。

虽然《加冕礼》的绝大部分是在这种淳朴、真实的社会批评模式的压力下写出来的,这使它落入一种很有智利特点的表述衷情的小说范畴,但是,在那个时代,我已经依稀觉察到国人的这种情趣并非是衡量优劣的唯一尺度;相反,巴洛克式精雕细刻的夸张的东西可以大大拓宽小说创作的道路。

1957年,当我在黑岛写《加冕礼》的最后部分时,音乐家胡安·奥雷戈·萨拉斯从加拉加斯回国,带来消息说,有一部重要小说,据他说,是一位音乐理论家写的,在加勒比地区引起强烈反响,那就是阿莱霍·卡彭铁尔的《消逝的脚步》。我不分白天黑夜,狼吞虎咽地读完了这部小说,然后又重读一遍,与此同时不断地改写自己的那本小说,也许,这是一种非常老的方法,但是与禁锢着我的那种情趣尺度有矛盾,这是可取的,它促使我能在《加冕礼》的最后部分采取了一点小小自由,于是,它的风格看上去就与智利风格如此不符了。我觉得,当我攀登上《消逝的脚步》的高峰时,我才第一次从本国文学那种把淳朴、写实作为唯一目标的樊篱上探出头来(以往我为别国文学不以此为目标而感到欣慰,如今我自己也这样干了)。我可以观察到一个新天地,它不但广阔得多,而且也不完全遥不可及。

在智利这个环境中我感到窒息,对渐渐施加给我的限制很不满意,《加冕礼》问世六个月以后,尽管我口袋里没一个钱,却决定游历美洲,目的是了解在我国之外发生了什么事情。我凑了几个钱买穿

---

① 鄂木斯克,《加冕礼》中的主人公安德烈斯随便想到的一个地名,代表遥远未知的事物。

过安第斯山到达布宜诺斯艾利斯的火车票。到了那里,嫁给了智利大使的拉克尔·利翁·德马萨夫人,想法让阿根廷作家协会允许我在找到工作之前,免费在作协那所殖民时期老房子后面的一间快坍塌的屋子里住下来。就是在那个小房间里,我第一次读到博尔赫斯的小说,并且感到眼花缭乱。在他的影响下我立即写了一个很差劲的短篇小说——与博尔赫斯毫不相干,我没把它收进我任何一部短篇小说集里。我以七十五美元的价格卖给了《美洲》杂志,这笔钱对于窘境中的我来得正是时候,我把这笔钱花在使贝亚特里斯·吉多跳到游泳池里的那位智利女画家身上,后来我与她结婚了,她是玛丽亚·比拉尔·塞拉诺。我认识了贝贝·比安科,我觉得他的智慧不仅是绝妙的,而且与安第斯山脉另一侧产生的智慧截然不同;我认识了埃尔维拉·奥尔非,不可思议,神奇得很,她是我敬佩的两个作家伊塔洛·卡尔维诺和艾尔莎·莫兰黛的朋友;我还认识了奥古斯托·罗亚·巴斯托斯,他孤身只影,流亡在外;我还认识了常到贝尔纳多·科尔东家里去的那些极左派作家,以及科尔东智利籍的妻子;我还认识了《十字架》杂志的天主教作家。也许这一切并不见得一定比智利的要"好",然而确实不同,而且多种多样,这对于当时的我很重要。一个难忘的下午,碧比娜·莫雷诺·韦约·德迪耶尔·阿耶萨(这一大串姓氏对于确认一个地道的布宜诺斯艾利斯人的身份很有必要)领着我和博尔赫斯去看望埃尔南德斯的重孙女,或者是重侄孙女们,那是几位年纪不小的很迷人的单身女性,大概是教师,她们住在贝尔格拉诺区的某一层,过着简朴的生活。在布宜诺斯艾利斯风传,这些小姐中的一位被神灵附体,她与《马丁·菲耶罗》的作者息息相通,这便使博尔赫斯着了魔。我们五个人围着桌子坐了下来,桌上铺着其中一位小姐绣了花的台布,一盏悬得低低的灯照着,灯光和宁静把我们与世隔绝,我们把手放在桌子上,等待埃尔南德斯出现的神秘时刻。但那位通灵的小姐一言不发。在我们静静地等待着的时候,豪尔赫·路易斯·博尔赫斯那缓慢的、犹犹豫豫的声音开始朗诵《马丁·菲耶罗》的某些章节——包括他所知晓的一些变化,仿佛失明的眼睛正在看着埃尔南德斯,高大,美髯,出现在这个房间里,把他生前来不及写的诗交给博尔赫斯。但是不管用,埃尔南德斯既不讲话,也未显形,他的后裔给我们端上一种太甜的酒,还有一些更甜的点心作为伴食,我们只好赶快走掉。

我在那里的两年期间什么都读,读得很多,非常起劲,一视同仁,从达尔米罗·萨恩斯到阿尔特(反对博尔赫斯的作家抱定了这位作家,而博尔赫斯派的人则还没有发现可以用马塞多尼奥来与他抗衡),还有诺拉·兰赫、戴维·比尼亚斯,萨利塔·加利亚多的第一部小说,《隧道》,读了各种各样的小说,只要是刚出版的小说都读,还有那些戴着帽子的优雅的女士们写的英语小说,以及那些自以为发明了刀子和探戈、胸口长着毛、肌肉发达的作家的作品,还有穆雷那,维多利亚·奥坎波培育的作家们,还有比奥伊·卡萨雷斯、席尔维娜·布尔利齐、穆希卡·莱内斯、马瑙特……数不清的人物,数不清的刚出现的新小说,其质量优劣也很不相同,服从于大相径庭的情趣和口号。我在雪绒花餐厅喧闹的晚餐上,与摄影家、画家、心理学家就这些书争论不休,或是在赶上开往贝尔格拉诺的最后一班火车前,在亚当餐厅那亲切的晚餐上谈论这些作品。我有一段时间住在玛加丽塔·阿吉雷家的庄园——她是我一辈子的朋友,那时嫁给了一位阿根廷阔佬——写了一系列短篇小说,几乎都不成功,只有后来收入《查尔斯顿》这部集子中的那几篇除外。罗莎·查塞尔把《加冕礼》刊登在《南方》杂志上,介绍给读者。我已经从牢笼里摆脱出来了,虽然我又回到了智利,但是我认为自从这次到布宜诺斯艾利斯旅行以后,我的文学视野发生了决定性的变化。

我清楚地知道,那些文学专业会议,那些奖花赛诗会、圆桌会、座谈会以及类似的有点不发达味道的活动,在知识分子的眼中地位不高。但是对我来说却总是欢欣鼓舞并且很有收获的——从最早的那些难以忘怀的短篇小说节开始,在这些活动中恩里克·拉弗尔卡德推出了"50年一代"作家。因此,上帝没有让我对这些会议产生那种人所共知的厌倦的态度。在我们这个不发达世界——还不是"发展中的世界"或者"第三世界",有必要借助一切鼓舞来避免停滞不前。因此,我倾向于认为,自己对西班牙语美洲小说正在发生以及将会发生的变革的、不断深化的认识,是从我在布宜诺斯艾利斯的两年(1958—1960)间自己的看法突然改变开始的,而这一认识达到顶点并更加明确是在1962年智利康塞普西翁大学的知识分子代表大会上(这是在戴维·斯悌特克因任校长时,由贡萨洛·罗哈斯组织召开的)。参加大会的有许多人,其中有巴勃罗·聂鲁达、何塞·玛利亚·阿格达斯、何塞·米盖尔·奥维多、奥古斯托·罗亚·巴斯托斯、贝贝·比安科、卡洛斯·富恩特斯、克拉利维尔·阿莱格里亚、阿莱霍·卡彭铁尔。除去一位诺贝尔奖获得者之外,还有教授、金银器工匠、画家以及一大群智利作家。一切全都国际化和现代化——连同声传译都有,好像是盛大的知识分子狂欢节,还有郊游、海滨游泳、展览会、调情和聚餐。在工作会议期间,涉及的题材多样而丰富,各种提案五花八门,从最平淡无奇的到贝贝·比安科提出的最令人迷惑不解的。我在这里强调——正因为如此我才把这次知识分子代表大会专门提出来——反反复复以最明确的方式被提出来的问题是:大家全都在抱怨,说我们拉丁美洲人除了对自己国家的文学以外,对欧洲和美国的文学了如指掌,但由于缺少流通方式,由于出版和发行部门的自私自利和短视,我们相互不通气,对本大洲其他国家的当代文学几乎一无所知。我们特别谈到的是在我们的环境中作家封闭孤立的状况和缺乏文化上的接触。我还记得在辩论中悌亚戈·德梅洛同何塞·玛利亚·阿格达斯精彩的拥抱。前者披着一件长长的红篷却①,后者用克丘亚语回答他,这样他们在与会者的掌声中得到了靠文学手段所没能得到的亲近。我们谈到要举办各种学术会议,要为发表大陆上今后出现的优秀作品成立出版社,我们筹划创办杂志和图书发行机构,这一切当然都从一个基点出发,即不能按商业化标准来办,否则什么也办不成,这不仅因为商业总是沾点不纯洁,而且更主要的是我们觉得,对我们所写的东西不会真的有什么"需求"。大家都断定,如果不是以某个人、某件事给予补贴的方式来办事的话,那将一事无成……我们言辞激烈地批评本国的那些盲目的评论家,说他们不敢传播新的价值观念,大家普遍不满,因为,比方说在波哥大,在圣地亚哥,书店里很容易找到一本莫里亚克或斯坦贝克的书,但是不可能找到一本阿格达斯或富恩特斯的书。总而言之,我们在敞开发泄火气,而愤懑是应当发泄出来的。我这里要特别补充一下,很奇怪的是在1962年康塞普西翁举行的知识分子代表大会上,很少有人提到萨瓦托、科塔萨尔、博尔赫斯、奥内蒂、加西亚·马尔克斯、巴尔加斯·略萨(他这年发表了自己的第一部小说),连鲁尔福都没有提到。十年以前,他们几乎无人知晓,或者遭到忽视,那时"文学爆炸"还没开始。

从现在的眼光来看,有些事情简直难以置信。比如说,在那次会

---

① 篷却,一种斗篷,形同方毯,中间开有套头的口子。

议上占主导地位的是对孤立状况和缺少发行渠道的不满；比如说，那些后来成为"文学爆炸"——假设确实有"文学爆炸"的话——的基本组成部分并且起了决定性作用的书，如奥内蒂的几本小说，博尔赫斯及科塔萨尔的短篇小说，还有《佩德罗·帕拉莫》《烈火中的平原》以及加西亚·马尔克斯最早的几本小说，那时候已经出版了。实际上，在各国之外根本就得不到这些书，各种国内的大奖赛和争论歪曲了一种更普遍的景象，以至很少有人听到这些作家的名字，他们的作品被束之高阁，或是被地理上的国境所阻隔。

自不必说，1962年康塞普西翁的知识分子代表大会上提出的和讨论的创造性的建议绝对没有被采纳。但是，从我个人的经历来看，至少是提出了一条非常明确的准绳，使我敢于在思考文学问题时，说到"我们的"这个提法，已不光是指智利的事物了，而是指我和智利能够实现的，也必然会让成千上万组成讲卡斯蒂利亚语世界的读者感兴趣的事物，从而打破那些划得如此分明的国界，创造一种更广泛、更国际化的语言。

Ⅲ

如通常情况那样，我总是从个人的观点来看问题。我认为，卡洛斯·富恩特斯就是作为二十世纪六十年代西班牙语美洲小说国际化的积极和自觉的代表出现的。他给予我一种新的眼光，使我感到有必要将此观念化为己有，运用于纯粹文学的范围，也运用于最世俗的各个领域。

在康塞普西翁知识分子代表大会召开的前一年，墨西哥作家卡洛斯·富恩特斯的一本题为《最明净的地区》的小说落到我的手中。

读完之后,我觉得文学又有了一种新的境界。因为,尽管我去过布宜诺斯艾利斯,我仍然拘泥于一种美学之中,这回它一下子把我从中拔了出来。这对我的影响很大,如果单纯从个人观点来看,我认为这是个"创伤"——把我从自己的、家造的美学之中拔了出来,将我置身于更加广泛的美学之中,使得我许多年都不能写完当时已经构思好了甚至已经开始写作的《污秽的夜鸟》,原因只是害怕我不能实现当时向自己提出的文学要求,这些要求与我已经习惯于看成是自己范围的要求相比,是太高了。

也许《最明净的地区》并不是卡洛斯·富恩特斯最优秀的小说。《阿尔特米奥·克罗斯之死》《奥拉》以及后来的小说改变了我用来读他的第一部小说的眼光。但是,除去种种数不尽的优点——比如他突出的优点在于囊括全局的雄心和抒情的力量,有必要指出,这本书属于拉丁美洲特色非常突出的书籍。这类书籍的作者们自觉地以如下事业为己任:挖掘我们的城市和我们国家的深层,以揭示实质和灵魂。墨西哥人、利马人、阿根廷人的实质是什么?当今的作家很少有人劳神去探究英国人、法国人和意大利人的实质是什么。如果有作家这样做,除专家以外也很少有人会重视这些书。这些民族几千年的文化传统,以及不断地肯定和否定的负荷逐渐形成了各个环节分割不断的一根链条,他们以史诗、抒情诗、牧歌等诗歌形式,以小说,以哲学体系,以散文,以短篇故事等不同形式试图回答这些问题。但是在我们美洲世界这些新生的国家里,没有自己的文化整体,也没有一种辩证法经过几个世纪,能逐渐用一种当代西方文化可以理解的语言和形式描绘出它的清晰的图像。于是有一系列书试图为领悟各个不同国家的民族性提供捷径。我指的是在文学上属于极为不同、层次各异的那几本书,比如埃塞基耶尔·马丁内斯·埃斯特拉达的《潘帕斯草原透视》、本哈明·苏佩尔卡苏斯的《智利——一种疯狂的地理》、奥克塔维奥·帕斯的《孤独的迷宫》、塞瓦斯蒂安·萨拉萨尔·邦迪的《可怕的利马城》。这些书中反映出一种态度，就好像一个少年在镜子里痛苦又好奇地看自己的裸体形象，想一下子了解一切，从而就能长大成人，这种姿态，从纪实散文渗透到虚构文学，变成马里奥·贝内德蒂的《蒙得维的亚人》、莱奥波尔多·马雷查尔的《布宜诺斯艾利斯的亚当》、爱德华多·马列亚的《宁静的海湾》和卡洛斯·富恩特斯的《最明净的地区》，后者是所有这些作品中最有趣、最复杂的一本，最恰当地代表这一时期的顶峰。

也许，读了《最明净的地区》，我感到最惊奇的是他不接受墨西哥是个统一现实的看法，他拒绝——用文学手段——虚伪的东西，拒绝表面现象。他采取的态度，不是像在我的周围围绕着我的小说家那样是一种文献式的，而是质询式的：是指出问题，而不是回答问题。《最明净的地区》的妙处在于这种提问没有一点演讲味道，相反，却是深深地融进了小说的血肉之中。马里奥·巴尔加斯·略萨对作家的定义是"为自己驱魔的人"。这个定义只是在作家开始写作时还不认识这些恶魔，所以在无法召唤、摆布它们的情况下才有效，但是作家可以干神奇的事情——正因为如此才用驱魔这个词，也就是利用他的自我，不遗余力地坚持创造一种语言、一种形式，其目的是实行一种巫术，造就一种文学，什么也不说明，也不解释，使文学本身既是质询又是答案，既是调查又是结果，既是刽子手又是牺牲者，既是伪装又是伪装的对象。关于这一点，卡洛斯·富恩特斯在《最明净的地区》一书中的的确确把目光投向外部，投向社会及社会问题，投向历史和人类学；但是，另一方面，在寻求自我的人生探索方面，他的眼光又转向了内部，投向了正在观察和写作、同时对自己的眼光和作品进行批判的自我。这就是卡洛斯·富恩特斯与约翰·多斯·帕索斯的不同之处。如果硬要我拿《最明净的地区》和某个美国作家的小说进行比较,我会选择托马斯·沃尔夫和他庞杂的四部曲,因为它们热情奔放,充满青春活力,尤以《你不能再回家》最甚。这类小说由于推崇自我抒情造成变形、模棱两可和狂热,否则仍会拘泥于现实主义。语言无疑担当了主角,由一个夸张的自我造成小说高度升温,从而被创造出来。出于同样的理由,我也无法像有人做过的那样拿两次世界大战之间的那一代德语作家与富恩特斯进行比较,无法与赫尔米托·封·多德勒尔的《恶魔》相比,与赫尔曼·布洛赫的《梦游者》相比,与托马斯·曼的《布登勃洛克一家》相比,与罗伯特·穆齐尔的《没有个性的人》相比——我知道富恩特斯对这些小说是熟知和欣赏的……或者曾经是欣赏的。他们是这样的一些知识分子:在动手写作之前就把自己的魔鬼集中起来。而富恩特斯则不同,在他的《最明净的地区》里,他沉醉于这种欢乐的感觉:与魔鬼们周旋,与他们厮混在一起,他远不是把他们召集起来,而是有时还大声地喊着,问他们叫什么名字。

一开始读《最明净的地区》时,雕琢的、巴洛克式的抒情几乎使我有些愕然,好像叫人当众扒光了衣裳;在智利这个有条有理、滑稽可笑的国家里,只有聂鲁达才有资格——也许只有他才真正有能力——在过了若干年之后才张开抒情的翅膀而不引起人们的讪笑,这种放纵的抒情好像被划归给那些热带成熟的、经过许多磨难的女诗人所专有,她们把自己的叹息与散文诗混为一谈了。总而言之,人们认为那是一种浮夸的、矫揉造作的陈词滥调。然而恰恰是卡洛斯·富恩特斯向我们展示了一种阳刚之气和个性的抒情方式,充满了粗话、叠用词和不规范的词语,远不是为一个罪恶的灵魂揭去最后一层面纱,更确切地说,是文学的旗帜,继承了我们美洲巴洛克式的不纯洁性,其突出的目的是进行综合。

智利推崇的信条是必须采用一种清澈透明的语言,这体现在我们的尼卡诺尔·帕拉式的讽喻之中,当我读了卡洛斯·富恩特斯的小说时,这一条首先崩溃了。说实话,我已经读过乔伊斯、劳伦斯、福克纳、托马斯·沃尔夫的作品了,因此,我知道运用语言可以做很多事情,我知道如果你不是托尔斯泰,那么你的小说宗旨不一定非得与托尔斯泰一样。托尔斯泰主张"写你的村庄,你就写了世界",这几乎成了智利唯一实行的,而且是被理解错了的教条。然而,卡洛斯·富恩特斯和我年龄相仿,是个西班牙语美洲人,由我们非常相似的环境所造就,我们非常接近,非常类似,但他却敢于打破这神圣的教条。

可是卡洛斯·富恩特斯的抒情方式可能趋向于一种寻觅,一种梦寐以求却无固定程式的综合,或更确切地说,是采用了成百种互相矛盾的形式。这意味着在他的小说里,思辨的成分举足轻重。思辨——在我的文学世界中被视为"冷漠""傲慢""贵族化",但从来不被视为"睿智"。在我那个时代的智利小说中,思辨如抒情一样,是被禁止的。如果说某一部小说有很多思辨成分,那就相当于一种咒骂,马上就可以指责它哗众取宠。智利是一个贫穷、妄自尊大、平均主义、循规蹈矩的国家,最大的罪过就是哗众取宠,而最好的美德就是简朴。

然而,《最明净的地区》既是抒情的,又是思辨的,但并非哗众取宠的。确切地说是雄心勃勃,这两者是大不相同的。他不打算用托尔斯泰所描写的村庄的显微镜去照其中的一个居民,而是要用一种宇宙的观点来包容所有的社会阶层,墨西哥的全貌,包括它的现在、过去和神话、斗争,以及从西班牙文化和印第安文化、梅斯蒂索文化和美国文化、穿黑袍的基督教神父和身着华服的血腥古老宗教的祭司们的抗衡中产生的它的现状。那是在考证了乔卢拉①的三百六十五座阿兹特克庙宇基础上建成的三百六十五座基督教教堂之后,在考证了它们与民间音乐、色彩、种族、革命、农业、英雄、叛徒等的关系之后,产生的对于人类学以及对昨天和今天的政治的认识,并非直到此时,即作者动手写作之前把这些综合起来,而是就在写这些篇章的时刻,他将一切包容在一个色彩斑斓的壁画之中,常常让人觉得不连贯,因为它不墨守人们能接受的章法。从前,对我来说,小说的统一性是神圣的。我记得在智利,对我们那一代人最佳的褒义词就是这部或那部小说很"圆满",或者是"完整闭合的"。在1962年人们还不知道翁贝托·埃科已经发表了《开放的作品》。而卡洛斯·富恩特斯这部值得赞赏的小说一点也不封闭,也不简朴,也不是纪实性的,相反,却是一种综合,包容了一切混合的种族、趣味、语言和形式:人工的东西压倒了自然的东西,想象压倒了现实主义,不遵循任何一种以往的小说的统一性,而是遵循一种强有力的个人的眼光。

当然,我从前熟识的那种小说的模式,特别是我认为自己能驾驭的模式,在我读完《最明净的地区》之后,不可能继续对我有用了。甚至我感到当初读《消逝的脚步》时得到的启示,都黯然失色了。在我读卡彭铁尔的这部小说时,我觉得它很吸引人,内容非常丰富,可现在也觉得不够了,它不属于卡洛斯·富恩特斯画的范围,虽然从卡洛斯·富恩特斯身上也可以找出卡彭铁尔的影响。所有老一套小说花样的规则,在《消逝的脚步》中还以某种方式继

---

① 乔卢拉,墨西哥最古老的城市之一,位于普埃布拉州。

续起着强有力的作用,统一性仍然极其重要。叙事性这小说的脚手架必须拆除,好让文学的楼房露出面容,可是在当时,它仍然占主要地位,而不像《最明净的地区》那样,在探索小说可能有哪些其他写法的过程中持续不断地受到轰击。特别是卡彭铁尔的语言,虽是令人难以忍受的矫饰,却仍然是个"风格"问题,实际上没有真正突破以前的东西:更确切地说,只不过是借助强烈个人色彩的放大镜对通常的修辞做一点修正而已,从来没有真正脱离现代主义。而卡洛斯·富恩特斯所做绝对不是这样。因为他的语言不能简单概括为"风格"问题,我认为他的企图因为大胆和新奇而完全超越了阿莱霍·卡彭铁尔。

当领会到在我的周围和我这一代中间,竟有人以如此自由的方式写出一本小说时,我信奉的一切规律都被轰毁了,这是我第一次真正体验到一个作家对另一个作家的鼓舞。各国的小说我读得很多,我以一定的深度研究了一些作家,比如亨利·詹姆斯(这种爱好是在普林斯顿大学获得的,以后终生没有放弃)、马塞尔·普鲁斯特和福克纳等,这种研究给我带来激情,并且给我一定的技术和理论知识,然而这些知识总是停留在一种认识层面之上,没能闯入我的世界,与我称兄道弟,让我和它们竞争,赶超它们。而阅读《最明净的地区》则完全不同:那是一次决定性的推动,是对我作家生涯的一个强烈刺激,刺激起嫉妒心和竞争的需求,混杂着惊奇和赞赏。我那封闭的房子里刮进了新风。也许由于我那好批评和嘲讽的智利人气质,也许由于我总保持一定之规的习惯,我清醒地看到,如果我也打算写一本智利式的《最明净的地区》将是很荒谬的,因为在我们国家这个天地,至少是根据我对这个天地的看法和理解,还不具备这样的条件。此外,我读这本小说的热忱并没有妨碍我觉察出,这本书与里维拉、奥罗兹科和西凯罗斯①那些带有某种教育目的和鼓动宣传的壁画有千丝万缕的联系。当作品显得单薄时,这种教育目的就会喧宾夺主,要把整个作品变成一种寓言,力图揭示小说之外而不是小说之内的东西是很危险的。

智利的报刊宣布卡洛斯·富恩特斯将参加 1962 年在康塞普西翁大学召开的知识分子代表大会,作为智利作家代表团的成员,我也被邀请参加这个大会,我将有机会认识他了,我觉得这简直难以置信。我有点失去了我为人矜持的本性,去打听他飞机到达的钟点,就像一个普通的崇拜者一样,胳膊底下夹着我那本《最明净的地区》到机场去了,想让作者给我签个名。我看他下了飞机就凑上去请他签名。费尔南多·阿莱格里亚从他那所美国大学前来参加代表大会,他把我介绍给富恩特斯,后者对我说:

"你就是贝贝·多诺索?"

"……"

"你不记得了?我父亲在圣地亚哥当外交官时,我们同时在埃尔格兰赫学校读书。我比你低几年级,所以你不记得我了。我在华金·迭斯-卡内多家里看到过《加冕礼》,但只是翻了翻。我很想看这本小说,但是我搞不到,你得送给我一本。"

我们成了好朋友。他的英语和法语讲得好极了,他读过所有的小说,甚至亨利·詹姆斯的,而这个人的名字当时在孤独的南美洲还鲜为人知。他在世界各地的首都看过各种各样的绘画和电影。他没有那些年代在智利知识分子中颇为流行的那种力争当"人民的普通

---

① 迭戈·里维拉(1886—1957)、何塞·克莱门特·奥罗兹科(1883—1949)和大卫·阿尔法罗·西凯罗斯(1896—1974)是墨西哥壁画领域的三位巨匠。

儿子"的令人恼火的自负,而是坦坦荡荡地做人,担当知识分子的角色,把政治、社会和美学融于一身。此外他还很潇洒,很高雅,而且并不害怕成为这个样子。我记得在康塞普西翁的知识分子代表大会上,当他登上木板讲台讲话时,埃斯黛尔·马特·亚历山德里的两个小女儿(当时也不过七八岁吧)并排坐在我旁边,她俩不断地发表议论,声音相当高,使我听不清楚富恩特斯讲话的第一部分,她们觉得他很时髦。他穿着华贵,很容易看出他重视衣着。应当注意,我讲的是卡纳比街①辉煌时期以前,现代时髦之前,这时候的人,都不用说西班牙语美洲的知识分子,不能够也不应该讲什么衣着的考究、什么想象、什么大胆,这些如此轻浮、如此资产阶级化的东西,尤其是从富恩特斯的政治立场来看,这种"轻浮"显然与他必须完成的高尚而艰巨的政治使命不可调和。

  从这个意义来说,卡洛斯·富恩特斯在乘火车前往康塞普西翁时对我说的最重要的一点是,在古巴革命之后,他已经不满足于在公共场合只讲政治而不讲文学了。他说,在拉丁美洲,这二者是不可分割的,现在拉丁美洲只能把目光转向古巴。在这古巴革命后的最初阶段,他对菲德尔·卡斯特罗的热情和对革命的信心感染了整个知识分子代表大会,由于他的到来,大会变得非常政治化。来自这个大洲各国的许多知识分子几乎一致表示拥护古巴的事业。我相信这种信心和政治上的完全一致——或者几乎完全一致——在那个时候确实存在,并且继续存在,直至1971年发生帕迪利亚事件为止;这是西班牙语美洲小说国际化的重要因素之一,统一了大家的标准和目的,提供了一种思想结构。大家相对地接近这种思想结构,这样,在一定

---

① 卡纳比街,伦敦著名购物街,二十世纪六十年代时还是音乐重地。

的时期内就给人一种印象,认为这大洲是休戚与共的。对于古巴革命,作家们有各种各样的态度,从我自己这种天生的对政治不热心,到卡洛斯·富恩特斯以及后来的巴尔加斯·略萨的完全的政治承诺。有些人的态度随着岁月的推移也在变化。吉列尔莫·卡夫雷拉·因方特是代表古巴革命政府驻比利时的外交官,一开头是无条件地倾向革命,后来转为批评,最后是否定革命。胡利奥·科塔萨尔从消极的同情变得非常积极。就像在康塞普西翁的知识分子代表大会上,我生平第一次体验到这突然爆发的对一种政治事业的巨大的同情浪潮使整个大洲和大洲上的知识分子都统一起来一样,帕迪利亚事件也为这种统一画了休止符。因为这个事件断送了整整十年的忠诚和辛苦,我们曾幻想不再像1960年以前那样各自囿于本国之内的小规模斗争,但这一幻想被打破了。我想,如果"文学爆炸"在某一点上有着近乎完全的统一性的话——尽管承认程度不同,那就是最初对古巴革命事业的信念;我相信是由于帕迪利亚事件产生的幻灭使这种信念遭到破坏的,也破坏了"文学爆炸"的统一性。

我确信无疑,是巴勃罗·聂鲁达和卡洛斯·富恩特斯为这次具有历史意义的康塞普西翁知识分子代表大会定的调子,当时对于古巴的热情和信念是如此炽烈,以至这位智利人和这位墨西哥人一道说服了阿莱霍·卡彭铁尔——与其他唱高调的人相反,他说自己是"一个研究文学和音乐的学者"——不要念自己准备好的发言稿《加勒比文学的神奇因素》,而是即兴讲一些相当枯燥的关于菲德尔·卡斯特罗的教育改革的情况,这些在当时被认为是最合时宜了。巴勃罗·聂鲁达穿着一件他从中国带来的光彩熠熠的黑绸衬衫,在座落于一条瀑布旁边的露天体育场念献给他的妻子——美丽的马蒂尔德和献给古巴的诗。尼尔达·努涅斯·德尔普拉多、瓜亚萨明、贝贝·比安科、一些智利作家还有各地的诗人，他们每个人不是在公开场合就是在私下表示对古巴的态度。在一次值得被记住的激烈争论当中，哥伦比亚大学的一位拉丁美洲史教授、美国人弗兰克·坦纳鲍姆打算罗列美国与拉丁美洲的关系中实行了多少保护主义，他列举了一些生动的数字，这时卡洛斯·富恩特斯做了个精彩的长篇演说，演说中充满日期、统计数字、产量、公开文件和私人谈话摘录，证实了美国对拉丁美洲粗暴干涉内政的政策。他这长篇演说在与会者的笑声中把那位美国教授扫下讲台，后者结结巴巴，羞愧难当。当知识分子代表大会在圣地亚哥散会时，文学热已经变成了另外的东西，并且大大升温，规则和听众也发生变化，每个人都会注意到这些。富恩特斯叫我送给他一本《加冕礼》以便带走，我很高兴地这样做了。

在康塞普西翁知识分子代表大会后的一年，虽然我与卡洛斯·富恩特斯保持着正常的但不大经常的通信，但是对于实践这次大会启发我去完成事情的热情却渐渐冷淡下来。我觉得现在出版的小说部头太大、太杰出了，而我却落在了后头。卡洛斯·富恩特斯出了《阿尔特米奥·克罗斯之死》，又使我大为震惊。我读了埃内斯托·萨瓦托的《英雄与坟墓》，作者从布宜诺斯艾利斯他的敌人预言的那永久的旱季中胜利地走了出来。我念了胡利奥·科塔萨尔的《中奖彩票》，第二年又读了他的《跳房子》，科塔萨尔是作为短篇小说家知名的，爱德华多·洪盖雷斯在他位于贝尔格拉诺的家里以及另外不多的几个地方为他筑起了崇敬的祭坛。可是，我接到了卡洛斯·富恩特斯一封十分慷慨的来信，信中表示了他对我那本小说的热情。他说："没有更多的人知道这本小说，而且它没有被翻译成其他文字，我觉得这很荒谬，请你把书寄给我在纽约的文学代理人卡尔·D.布兰特，我要给他写信，看能为这本小说做些什么。"

富恩特斯的赞赏使我欣慰,也鼓舞了我。就像当初在我们前往康塞普西翁的火车上,他告诉我他想以《好良心》为开始,写类似巴尔扎克的三部曲那样的作品,我则向他讲述了好多年过后才变成《污秽的夜鸟》的那本书的核心,它使我觉得,在某种程度上,我可以与卡洛斯·富恩特斯相比。可是……谈到什么翻译呀,什么在纽约的文学代理人呀,这些事情真是谈不上,无法想象。富恩特斯搞错了,对于智利作家来说,这些事情不会发生,对我来说,不会发生,归根结底,我只写过一本关于我动脉硬化的老祖母和她那些同样是动脉硬化的老女仆以及我一个朋友的叔叔的事,写的是智利,这美洲最遥远、最死水一潭的国家的事。尽管妻子催我,我还是没有按富恩特斯的要求,把书寄给纽约的卡尔·D.布兰特,寄给英国、波兰和苏联的评论家们。我什么也没有做。富恩特斯提议的事情是不可能实现的。但不知怎么搞的,我的妻子当时在巴西使馆文化处工作,她背着我,自己把那厚厚的黄皮书打成邮包,花掉一星期的暖气费,贴了航空邮票寄了出去,我不知道她寄走了多少本书。

因此,几个月之后,卡洛斯·富恩特斯从墨西哥给我打来了电话。我听到了他的声音:"祝贺你,兄弟,美国最重要的出版社——艾尔弗雷德·诺夫出版社接受你的书……"我觉得难以置信,这只有在恶作剧中才可能发生。然而并不是恶作剧。不仅是由于他最初的几部小说在文学上的鼓励,而且由于他在赞赏和帮助方式上的大度,卡洛斯·富恩特斯是"文学爆炸"的催化因素之一。不管是从好的或坏的意义上来说,他的名字与现实紧密相连,就像传言中他那"黑手党"和他的"草台班子"紧密相连一样。

Ⅳ

引起"文学爆炸"的"对头们"嫉妒的理由之一是关于"文学爆炸"的主要成员们的神话,即说他们享有丰厚的著作权,因此能在世界上最迷人的都会过着豪华而闲适的生活,他们坐着喷气式飞机到处旅行,从威尼托大道到麦迪逊大道,到圣日耳曼大街,还说他们的书在美国和大西洋彼岸被译出来大量发行,大获成功,震惊全世界。

由于这一切全是狂想的结果,这个关于拉丁美洲小说家们大获成功的金色幻觉——这种荒谬的狂欢节是被流言附加在现实身上的,现实是非常严肃的,远不是那么光彩夺目——当然是大错特错了。我相信,除加西亚·马尔克斯之外(他有他那本神奇的《百年孤独》),公正地说没有任何一位西班牙语美洲小说家的著作权可以称为"丰厚"。相反,"文学爆炸"的作家的生活现在是或者一直是相当艰辛的,他们做出的最大努力是从维持生计的工作中夺回几个小时来从事写作。就连加西亚·马尔克斯本人在内,当《百年孤独》在他心中酝酿成熟打算要写的时候,他正在墨西哥靠写电影剧本勉强维持生活。他明知自己和家人会受穷,还是辞去了工作,靠着几个朋友借给他的钱,才能闭门写这本在我的记忆中人们谈论得最多的用卡斯蒂利亚语写的小说。《百年孤独》在1967年出版了,从那时候起,当然,加西亚·马尔克斯这本小说引起的轩然大波和轰动的胜利导致了这个事实:这是唯一一本结算确实可以称为得利"丰厚"的小说。但直至1969年,这位小说家才可以"摆得起谱",想住在哪儿就住在哪儿,想怎么生活就怎么生活,想什么时候写作就什么时候写作,此外,还可以随自己的意愿向围着他转的出版商和电影制片人提出条件。因此,要强调的是,只有《百年孤独》才谈得上是从广泛性和商业性意义来说的胜利,而以前"文学爆炸"的其他作家虽然也有相当巨大的成功,但那种成功仅仅从文学角度来看,仅限于少数精英的范围之内。诚然,这个少数精英的范围越来越大,但终归是少数人。这就是说,1971年米格尔·安赫尔·阿斯图里亚斯在萨拉曼卡的座谈会上论及"商业化"问题,他对一家地方报纸发表的即兴讲话中谈到"文学爆炸"的作家"纯粹是广告的产物",人们可以理解为这只与加西亚·马尔克斯有关,而且只是从《百年孤独》开始,因为以前的西班牙语美洲小说,甚至包括这位杰出的诺贝尔奖获得者的作品在内,从来都没有能在商业上获得巨大成功,甚至难以维持起码的独立性,这位危地马拉人对此知道得清清楚楚。

然而我们应当记住,这个"摆得起谱"的传说源于卡洛斯·富恩特斯。在"文学爆炸"初期,在整个大洲的作家们饥渴的眼睛中,他代表着胜利、名望、权势和周游世界的奢侈享受。那一切看来是无法在拉丁美洲各国封闭的首都获得,却还是被强加在所有"文学爆炸"的作家头上。富恩特斯是第一个通过自己的文学代理人来控制其作品的,是第一个与欧美大作家建立友谊的人——比如詹姆斯·琼斯把他在圣路易斯岛上一家豪华旅馆中的一套房子借给他,还有芒迪亚格斯和威廉·斯泰伦把他当成私人朋友来接待。他第一个被美国评论家视为第一流的小说家,他第一个察觉到他那一代的西班牙语美洲小说正在发生的事情的重要性,并且第一个慷慨而又文明地让人们知道这一点。他好讲排场的个人特点使越来越多的公众看到的表面现象也呈同样的色彩和特点,但即便对富恩特斯来说,除去可以自由地出入出版社和电影界去做点附加工作,在"文学爆炸"起始时期他的事情也不像看上去那么容易。他那时正代表着"文学爆炸",

完全可以说:"我就是'文学爆炸'。"名声,他作为大众化的小说家的真正名声从来就没有超出讲卡斯蒂利亚语的范围。虽然《小姐》杂志对它的女读者们说:"女士们,你们知道富恩特斯吗?"当他第一次到出版他作品的法国伽利玛出版社的办公室求见刚刚买下他第一部小说的社长时,女秘书问他叫什么名字,他对她说了,女秘书的眼光是询问的,茫然的,好像等着他做说明,富恩特斯赶忙告诉她:

"我是墨西哥作家……"

面对如此难以置信的事情,女秘书忍不住说了一声:

"别开玩笑……!"

说到胡利奥·科塔萨尔,说到他那巨大的国际声望,说到他作为国际作家在巴黎定居二十年过的安逸生活,有许多情况需要澄清。刚刚提到的最后那一点就足以让整个一群清教徒式的作家朝他扔石块了,因为他们至今认为作家非得住在祖国不可,否则就是叛徒。《跳房子》在法国和意大利,从读者到评论界两方面都失败了,这对他的卡斯蒂利亚语读者是个极大的灾难。报刊说作品太欧化了,太国际化了,太思辨了,说这些事情我们做得更好,此外,人们对一个拉丁美洲小说家(比方说加西亚·马尔克斯吧)的期待绝不是这种东西。更难想象的是莱萨马·利马,他的《天堂》在法国获得意想不到的成功。另一方面引人瞩目的是英文版《跳房子》,多年来在美国大学范围之内一直是被狂热崇拜的对象。值得一提的是,美国的大学是为数不多的可以从文学角度来吸收文学的地方;而美国的大学生读者人数极多,不计其数,因此《跳房子》在那里得到非常广泛的传播。在西班牙的某些阶层中,分成科塔萨尔派和莱萨马派,他们势不两立,虽然这位阿根廷作家极其崇敬那位古巴作家。我不止一次听到某个莱萨马派的青年知识分子说到随便哪一本他不喜欢的小说时就会说:"糟透了,写得简直和科塔萨尔的一样糟。"尽管如此,科塔萨尔在卡斯蒂利亚语世界确实获得了巨大成就,但这并不能给他带来经济上的成功。科塔萨尔在联合国教科文组织担任翻译,住在巴黎的一套单元楼房里,作为唯一的"奢侈"是在沃克吕兹有一座简朴的小房子,在他有可能的时候,可以闭门写作。总而言之,他的国际声望是相对而言的,更多地归功于由他的小说《魔鬼的口水》改编的电影《放大》。科塔萨尔说,在德黑兰参加一个联合国教科文组织的会议时,他到一个超市去买牙膏,一如既往,他走到卖书的架子跟前。在那里他看到英文袖珍版的《跳房子》,封皮上画满了相当裸露的女人,在大量展现女性躯体的同时,出版商们给配上了说明——除去印得小小的作者姓名及小说题目之外,是这样写的:"爱情、性、激情、罪恶,《放大》的作者著。"

马里奥·巴尔加斯·略萨代表"文学爆炸"的第二个时期:当1962年发生大"爆炸"时,他还只是个年仅二十六岁的小伙子,得到了巴塞罗那的塞依克斯巴拉尔出版社的简明丛书奖。事情如此突然,呼啦啦,他的名字——顺便还有塞依克斯巴拉尔出版社的名字——就在整个西班牙语世界流传开了:《城市与狗》让整个美洲的人都在议论它。巴尔加斯·略萨与加西亚·马尔克斯一样,与科塔萨尔一样,有时也与富恩特斯一样,过的是四海为家的生活。他一开始在法国,在为法国广播电视台工作的同时写出了《城市与狗》,然后又到过英国,现在住在巴塞罗那。但是,尽管《城市与狗》获得了轰动的效果,在巴黎他还必须一夜一夜地为法国广播电视台工作。后来,当他与他妻子以及两个小孩搬到伦敦,在首都的大学里教书时,他的住房非常狭窄,非常寒碜,他住的是两间带家具的房子——他占用一间,而与此同时他的妻子要设法让孩子们保持相对的安静,好让巴尔加斯·略萨在旁边的房间能写完《酒吧长谈》。在那里,工作和照顾孩子之余的所有时间都用来捉在楼里泛滥成灾的老鼠,要不是在捉老鼠,就是在谈老鼠:你昨天看见了几只?我觉得在床下有一只,我杀死了三只,它们啃了面包,等等。现在,他们在经济上宽裕了——只是暂时的,因为巴尔加斯·略萨看到他有可能还要去教书,他可以用全部时间从事写作了,有时候他和妻子谈话,谈到半截停了下来,稍停片刻,沉思一下,然后说他很奇怪怎么没像在伦敦时那样谈论老鼠和捉老鼠的事了。巴尔加斯·略萨小说的翻译也很成功,然而埃南迪也把《绿房子》的手稿遗忘在抽屉里达一年之久,什么也没有做。在德国,罗沃尔特也没能使这位秘鲁人的书打动读者。在美国,尽管某些阶层人士的批评不公允,他的书还是出了袖珍本。在英国,《城市与狗》获得资格成为经典著作,由企鹅出版社出版。

以我的眼光来看,第三时期——也许是西班牙语美洲"文学爆炸"作为"爆炸"的决定性时刻,是随加夫列尔·加西亚·马尔克斯的《百年孤独》的发表到来的。拿这个作家的情况来看,倒是确实可以说有说不尽的"厚利"。《百年孤独》在卡斯蒂利亚语世界的成就如此之大,使作家成了神话的组成部分。它在各国都引起强烈反响,几乎被译成所有的文字,至少确实被译成了我懂的所有文字。与其他用西班牙语写作的作家相比,他在评论界和读者方面取得的成就便更加显著。它一版再版个不停,据说有几百万册。在美国它成为畅销书,可尽管有结算总数摆在那儿,尽管作家在美国享有盛名,尽管人们尊敬地再版他以前的书,《时代周刊》的评论在谈到《百年孤独》时,仍然说这是一本"人人都谈论,但并不是人人都读"的书。这样就解释得通了:作为一个拉丁美洲作家,他的书在美国的发行量就算多得出奇,仍比不上里昂·尤里斯或马里奥·普佐的书的发行量,他们的书倒确实人人都读。现在加夫列尔·加西亚·马尔克斯可以"奢华"地住在巴塞罗那了。但是与那些拥有宫殿和游艇的通俗作家和出版商相比,显得寒酸许多。加西亚·马尔克斯最有名的一句话是:"所有的出版商都有钱,而所有的作家都没有钱……"也许用来衡量他知名度大小的最奇特的资料,是我在读一本苏联艳情小说的意大利文译本时遇到的,有这样一个情节:象征着腐化和西方化的苏联新一代的男主人公(此公不拒绝任何享乐)在等待与他幽会的女人时,斜倚在伏尔加牌汽车的靠垫上,打开收音机,翻开《外国文学》杂志,读起——很显然,大家都在读——新一期连载小说《百年孤独》。

　　拉丁美洲小说家遭受的贫困和冷遇可以列出一个长长的单子,足以驳斥那些没能跻身于队伍之中的人所夸张的国际声望,不幸的是实际上这种声望只是相对而言的。奥内蒂是这个大洲伟大的小说家之一,但他却默默无闻,真令人恼怒,至于博尔赫斯——直到三十六岁了他还要依靠那有钱而且聪明的父亲的补贴,他后来当了图书管理员和教师,人们必须等到国外崇拜他,然后才敢把他变成民族的丰碑。马丁内斯·莫雷诺在他位于蒙得维的亚的律师事务所中默默无闻地工作。萨瓦托受着自我毁灭的幽灵的折磨,这使《英雄与坟墓》的英文版拖延了十年才发表,尽管这本书在意大利比《跳房子》更成功,但他仍然觉得伸展不开,缩手缩脚,没能采取积极的姿态,争取让自己的作品获得无疑应当得到的并且大家能够给他的声誉。与这轮廓很不清楚的"文学爆炸"或多或少有些联系的小说家,比如说加门迪亚、戴维·比尼亚斯、贝亚特里斯·吉多、阿莱霍·卡彭铁尔,他们不仅只在少数"精英"或是在国外的专家中间略有名气,而且绝大多数还要靠别的进项和活动,才能相当寒酸地维持生计,只有胡安·鲁尔福的名气"随着他每一本不曾写的书越变越大"(T. S. 艾略特谈起 E. M. 福斯特时是这样说的)。

我说这些是想对在拉丁美洲某些社会阶层中流行的关于"文学爆炸"在美国和欧洲获得巨大成功(即所谓"风靡一时")的传奇做个说明:这只是一个相对的现实。的确和以前相比,人们较多地谈论起他们,有影响的出版社争着要出他们的作品,评论家们不无吃惊地赞赏他们,欢迎他们,各种译本层出不穷,广为传播,各大学也纷纷成立教研室来研究首先是被当代小说浪潮所推动的拉丁美洲文学。这一切全都是事实,但是离"风靡一时",离成为十五年前的戈尔丁或劳伦斯·达雷尔那样的作家,还相差好大一段距离。应当澄清的是,在大多数国家,我们的小说译本总是由研究拉丁美洲文学的教授们在报刊上评论。它们出现在报纸上时,不是和世界其他地区的小说并列,而总是被加以某种分类,或是加上个框框"拉丁美洲"或是"拉美小说"。这是一种排外的形式。还要指出的是,不论是从好的或是从坏的方面来看,拉丁美洲小说的出版都掌握在出版社殷勤主动的代理人手里,或者多半靠私人交情,取决于同教授、作家、评论家及有影响的人物关系的好坏。有的国家,比如德国,对西班牙语美洲小说就是持完全顽固不化的态度,断然否定的态度。那里由罗沃尔特出版社或一些小出版社出的少数几本书,没人接受,也没有一丁点反响,印出来的大部分书籍都躺在汉堡或法兰克福的地下室里吃尘土。

那么,为什么会有那么大量的西班牙语美洲小说家自我流亡呢?他们怎样谋生?流亡也是本大洲评论界众口皆传的难以原谅的因素之一。他们指责这些人"远离国内的问题",指责他们这种没有根基的世界主义。但是这种给他们招来指责的流亡——大概也是人们随便给所谓的"文学爆炸"加上的另一特征——不过是每个时期都对至少都有较长一段时间生活在国外的拉丁美洲作家进行指责的一个变种而已。比如达里奥和那些现代主义作家久居巴黎，他们在那里创办了《世界》杂志，和当今以巴黎为社址的刊物情况是那么相似；聂鲁达、博尔赫斯、巴列霍全都在他们一生中的某个时刻自我流亡，到过巴黎和西班牙。必须提起注意的是，在二十世纪上半叶，诗歌享有如今小说享有的威望，但是，诗歌早已变成了一种过于为少数人的文学形式——如果还按照有些人指出的某些路子走下去的话，小说也会发生这种情况。小说取代了诗歌的位置，于是小说家也披上了半个世纪以前诗人们所披的光环。

二十世纪上半叶西班牙语美洲诗人的特点之一是他们培植文学友谊的那种方式，这是一件不难做到的事情，因为大家来自各个不同的国家，这样在打交道时不会互相伤害。存在于当代小说家之间的这种友谊——有时也被那些自认为被排除在外的人称为"黑手党"——使他们受到最多的指责，说他们互相吹嘘，说他们写文章彼此宣扬，说他们保持一种互相赞美的统一战线，不接受批评，也不让别人询问。且不说如今这些西班牙语美洲小说家之间的友谊是相当有限的，在某种情况下可以说不存在，有时干脆达到仇恨地步，但存在着这样一个事实：六十年代西班牙语美洲小说在我们这个世界上引起那么大兴趣，以至于与它有点关系的人都愿意互相问问，或写写这方面的东西。除此之外，在现代主义诗歌运动中也有过先例，比如秘鲁诗人桑托斯·乔卡诺就给达里奥写了一封信，信中表示他很奇怪，他给后者寄去了最新的诗集，已经有好几个月了，问他怎么没有写任何一点关于他的东西，并催他快点动手。难道这也是互相吹捧吗？

在欧洲——在西班牙和意大利——人们最不理解的就是这种友

谊或至少是当今西班牙语美洲小说家之间的普遍良好关系。也许他们不明白,最主要的因素是这大洲上有二十一个不同的共和国,如果说,在同一个国家内文学上的友谊往往难以建立,在国际范围内情况就不同了。比方说,如果哥伦比亚人能够非常冷静地接受这一事实那将是十分奇怪的——虽然不是出于加夫列尔·加西亚·马尔克斯本人的意愿,但他的盛名几乎使哥伦比亚的其他小说完全失去光彩。人们常听到很多墨西哥作家谈到"富恩特斯这位少爷"——"少爷"是说他不可原谅地属于资产阶级,人们还听见他们怎样怀疑他的才能和成就,这是一种最残酷的体验,体验到在一个国家内的文坛中嫉妒心具有多大的毁灭性。在布宜诺斯艾利斯街上,人们崇敬地追随着科塔萨尔,但是背地里却有人说他的坏话,想象出,比方说,他与萨瓦托之间的冲突,最后导致争吵和仇恨。在秘鲁,巴尔加斯·略萨高大的文学形象也给他们国内的其他作家投下了阴影,这种矛盾的心理、赞赏和仇恨达到了极端:一方面在利马一家电影院,当电影放到半截突然有人宣布,该影院极其荣幸地问候杰出的作家马里奥·巴尔加斯·略萨,他现在正坐在观众之中;另一方面却有人从政治上和文学上对他进行最无情的攻击。

  但是一旦越过国境,小说国际化以后,作家就可能建立良好关系了。而且不仅是良好关系,常常是一个作家对另一个作家的作品极有见地地大加赞赏。有一次一个顺便到巴塞罗那的意大利文学评论家参加了一次聚会,巴尔加斯·略萨和另外一个西班牙语美洲作家也参加了。当评论家看到他们在一起喝鸡尾酒,一起笑,一起说话时,就说:

  "在意大利,一个像巴尔加斯·略萨这样的作家,写一本关于另一个像加西亚·马尔克斯这样作家的书,是不可能的。而在同一个聚会上,一个作家不往另一个作家的咖啡里投毒也是不可能的,喏,这都有点像科幻小说了。"

这位评论家没有发现,一般来说,每个国家之内会形成文学行会,一旦走出地界,嫉妒心就会减弱。这大概就是造成下面事实的决定因素之一吧:"文学爆炸"的重要小说大部分是在国外写的,还有,那么多的西班牙语美洲小说家仍然往外走,要在国外定居。所以科塔萨尔、加西亚·马尔克斯、巴尔加斯·略萨、卡夫雷拉·因方特、塞韦罗·萨尔图依、萨尔瓦多·加门迪亚、豪尔赫·爱德华兹、罗亚·巴斯托斯、奥古斯托·蒙特罗索、卡彭铁尔、卡洛斯·富恩特斯、马里奥·贝内德蒂等,那么多人都曾经或仍在国外住了那么长时间,这显然不能说是个纯粹的巧合了。流亡的理由可能很多,并且多种多样,从很容易摆出来的政治理由到不明晰的理由,比如想摆脱在自己国内压迫和扼制着他们、迫使他们逃离的魔影。总而言之,不可否认,流亡、世界主义、国际化,所有这些或多或少有联系的因素,构成了二十世纪六十年代西班牙语美洲小说相当重要的一部分。

V

人们谈论得很多的是西班牙语美洲小说的普及性大半归功于出版社为推销图书而开动商业广告机器的高效率。权威的米格尔·安赫尔·阿斯图里亚斯证实了这种传言,他认为,"有些"当代西班牙语美洲小说家"纯粹是广告的产物"。这个想法便流传开来,然而事实的真相是,就连获得诺贝尔文学奖这么巨大的宣传效益,也没能使这位危地马拉人赶得上南美洲各出版社为《百年孤独》发行一个很普通的量所达到的成就。

总而言之,广告现象不是什么丑事,这是我们的时代非常典型的东西,而一个当代作家,他有能力这样做时,他的义务正是向出版社要求这种宣传——让他们多投资扶植一本书,因为如果小说家不这样要求,他们就是为出版方赚钱而牺牲自己的利益。提出广告要求是作家对抗私营出版社或国有出版社利益的最正当的方式,在比我们发达的地区,这是无可争议的特权。要记住,那种浪漫主义作家默默无闻地死在他那有屋顶窗的房子里,省得像广告这种如此丑陋的东西玷污了他——除非是一种在当今毫无威望的赶时髦,否则这简直是不可能的:有太多出版社为维持他们的商业和印刷机器正常运转对原稿如饥似渴,他们绝不会让有才华的作家默默无闻地死去。

二十世纪六十年代最有效的广告刺激了西班牙语美洲小说的搏动,使得西班牙语美洲小说虽然不像传说的那么"普及",但确实流传得非常广泛。毫无疑问,确实在一段不长的时间内出了一批小说,这些小说又推动着另一些小说。在两年(1962—1964)的时间内我念了《跳房子》《英雄与坟墓》《城市与狗》《阿尔特米奥·克罗斯之死》《佩德罗·帕拉莫》《烈火中的平原》《中奖彩票》,科塔萨尔的一些短篇小说,奥内蒂的《造船厂》,而在那之前不久念过《消逝的脚步》《最明净的地区》和直到那时博尔赫斯发表过的全部作品。从智利出来到墨西哥以后(1965),我在国外做的第一件事情就是读加夫列尔·加西亚·马尔克斯的《没有人给他写信的上校》。广告做得再好也不可能人为地造成这种共时现象。但仅仅由于广告和发行渠道很糟糕,尽管《城市与狗》1962年就获奖了,我直到1964年才得到这本书。

这是因为虽然在六十年代初期,那些把小说当作文学欣赏的读者不可能不知道西班牙语美洲小说正在发生新变化,可是,连那些只是跟着潮流走的读者,也是到了1962年看到围绕着马里奥·巴尔加斯·略萨的《城市与狗》理所应当地做宣传,才开始注意到这些新变化的。这一年这位作者获得塞依克斯巴拉尔出版社的简明丛书奖。这是为数不多的长期坚持为文学解囊的文学奖之一,金额虽然不多,却很明智地推动着当代小说潮流,使之流传开来。就是从《城市与狗》开始,人们开始问:谁是马里奥·巴尔加斯·略萨?什么是西班牙语美洲当代小说?什么是简明丛书?什么是塞依克斯巴拉尔?很显然,一家西班牙出版社如此重视一个年方二十六岁的秘鲁作家的第一本小说,必定是一家采取新姿态的出版社,它打算与新作家结盟,并且成为他们的园地——就像1962年的简明丛书奖推出了马里奥·巴尔加斯·略萨,也推出了塞依克斯巴拉尔出版社。早一年在南斯拉夫,米奥德拉格·布拉托维奇问我,他把他的《红公鸡飞向天空》的西班牙文本版权出让给塞依克斯巴拉尔出版社,这样做是否正确。我回答说不知道,我那时认为塞依克斯巴拉尔是个没有太多个性的出版社。但是自从出了《城市与狗》以后,塞依克斯巴拉尔就有了非常独特的面貌,六十年代西班牙语美洲小说的成就与这家出版社以及卡洛斯·巴拉尔的名字联系在一起。

像往常一样,智利的问题是文学上的封闭状态,找书很困难。阿拉斯泰尔·里德顺路来到圣地亚哥,一天夜里,来到我位于洛斯多明戈斯的家中,他第一次和我谈起马里奥·巴尔加斯·略萨和他特殊的天才。他向我断言《城市与狗》是一本了不起的小说,作者年纪虽然很轻,却很了不起。他说如果巴尔加斯·略萨能够摆脱某些局限性的话——他的知识面和他对男性"帮派"世界近乎排他的承诺,他将会成为他这个时代最伟大的小说家之一。阿拉斯泰尔·里德让人从巴塞罗那寄来《城市与狗》(1963年寄到智利,1964年到我手中,离小说获奖已经两年了)。念了这本书我明白了,原来评奖不仅意味着商业性的举动,而且总算能起某种作用,能有严肃的目标,这个目标就是打开一条文学竞赛的道路,与一种新的运动结盟。这也意味着,在欧洲,在西班牙,西班牙语美洲作家与我们当时念到的半神仙似的作家相比并非低人一等,这些作家是塞拉、安娜·玛丽亚·马图特、加西亚·奥特拉诺、桑切斯·费尔洛西奥、米格尔·德利维斯、胡安·戈伊蒂索洛。我为《埃尔西利亚》杂志写了一篇关于《城市与狗》的札记,我当时在那家杂志社工作,但是我这文学专栏的读者无论上哪儿都找不到这本书,又等了一年,这本书才来到书店。而另一方面,西班牙各出版社的书又让人怀疑它们的外观是不是有点太老气了,虽然质量如桑切斯·费尔洛西奥的《哈拉马河》一样高,或者像安娜·玛丽亚·马图特的《最初的回忆》,能够立即吸引人。但是塞依克斯巴拉尔出版社以它封皮上光彩夺目的现代化的大胆的照片让我们羡慕,而我们却不得不容忍西班牙语美洲大部分图书完全缺乏风格,模样难看。

在墨西哥曾经有过极好的经济文化基金出版社,但是,奥尔菲拉上台后,几乎就专门出哲学和文化方面的书,而把文学放到一边去了。华金·莫尔蒂斯出版社一点一点地逐步搞出一种与塞依克斯巴拉尔较接近的封面。在布宜诺斯艾利斯曾经有一些实力雄厚的、有威信的出版社,在战争的困难年代曾滋养了我们,如洛萨达出版社、埃梅塞出版社、南美洲出版社、南方出版社等。但这些出版社倾向于,或是完完全全倒向了欧美,出一些在外国能找到的重要著作,要不然就一本接一本地出这个港口奥林匹斯的自负而封闭的文学圈子里的作品。这些出版社从来不(或者说很少,由于缺乏统计数字,不能太肯定)出版或考虑出版西班牙语美洲别的国家的当代小说。安赫尔·拉马说得好:"……拉丁美洲内部没有联系,所以不同地区要通过大陆之外的某些机构来联系和了解情况……"这种联系首先是通过巴塞罗那,特别是通过塞依克斯巴拉尔来进行。南美洲出版社多年以前就在墓地般的寂静中出版了科塔萨尔的那些精湛的小说了。他那些现在被视为世界经典著作的短篇小说曾年复一年地埋没在安娜·玛丽亚·巴雷内切亚任女祭司的那一小群人的手中,那么,还能说科塔萨尔是广告的产物吗?1959年埃梅塞出版社把头等奖授予了《贵宾》的作者智利女作家玛加丽塔·阿吉雷——她是我终生的朋友,当我和她青春年少,当圣地亚哥还有有轨电车的时候,曾一起在普罗维登西亚区的大街上滑旱冰。她现在嫁给了一个出身望族的阿根廷人,她在布宜诺斯艾利斯已经不是外国人了。其他国家几乎没有什么出版社。我还记得落到我手中的秘鲁出版的塞瓦斯蒂安·萨拉萨尔·邦迪及何塞·玛利亚·阿格达斯的那些模样可怕的版本,我得到这些书倒不是因为这些书在智利出售,而是因为萨拉萨尔·邦迪经常到智利旅行,并且带书来,就像那时候的"信使"一样——直到六十年代后期,那是把所写的东西传播开来的唯一办法。在智利,有一段时期,垄断实际上阻止了图书的进口和发行,因为进口图书的价廉和质优可以与他们出的书竞争。此外,外国出版社无法从智利把他们销售图书挣的钱取走,因此在相当长的时间,国内文学感到窒息。现在的政府有比较长远的眼光,有一个看来很有希望的文化发展规划,但愿现政府不要以别的名目采取一些使文学界和出版社叫苦连天的经济措施。

  可是幸好那时我曾经并且继续到处旅行。萨拉萨尔·邦迪旅行,埃内斯托·萨瓦托旅行,安赫尔·拉马旅行,卡洛斯·富恩特斯也旅行。我们在自己的行李里装上书好送给朋友。朋友们念了书,就写文章,发表评论,对我们的世界所写的新东西感兴趣。而后我们又带着塞满了书的箱子旅行,像文学信使一样,去和朋友们一道喝一杯,评论本大洲别的首都出版的图书。五十年代我到欧洲的一次旅行中,路过蒙得维的亚,接触到了几个乌拉圭作家,以后我每出一本书就寄给他们。在国外,从蒙得维的亚最先出现关于我作品的消息,但是,这与乌拉圭读者得到我的书还是两码事。我记得我把《跳房子》和《英雄与坟墓》借给智利小说家胡安·阿古斯丁·帕拉苏埃洛斯——他赞同萨瓦托而反对科塔萨尔,好像非得赞同什么人,反对什么人似的,后来一个人一个人地传来传去,直到弄丢了。迟至1966年人们才有可能在圣地亚哥搞到《跳房子》。我有梅塞德斯·巴尔迪维索的一封信——当时我在美国而她在智利,她求我告诉她怎样才能搞到一本人们谈论得那么多的《跳房子》,它像个幽灵似的存在,因为在书店里找不到它。1964年索妮亚·比达尔在墨西哥的夜总会成功地巡回演出归来后,作为礼物给我带回了胡安·鲁尔福的书,这位作家当时在我们的范围之内还不太知名。没有人想办法解脱这种窘境,在发行人的头脑里还有这种想法:西班牙语美洲小说还停留在以前的美学地位,停留在风俗主义和克里奥约主义的孤立时代,不会引起国际上的兴趣。什么书也进不来,什么书也出不去,唯一有效的是"信使",我想,这可能就是形成流言说西班牙语美洲小说家拉帮结伙互相吹捧的根源。

　　但是,已经有人在编造别的东西了,风暴从1962年开始爆发。毫无疑问,那是由于读者和青年作家们感到惊讶,他们奇怪在西班牙怎么会把文学奖授给一本秘鲁小说的作者——马里奥·巴尔加斯·略萨,他那么出众而年纪又那么轻。这就是日后到处可以听到的有名的"文学爆炸"最早爆发的一声惊雷。我记得我的妻子为了激怒

当时二十六岁的胡安·阿古斯丁·帕拉苏埃洛斯,便问他:

"你知道巴尔加斯·略萨写《城市与狗》的时候多大岁数吗?"

"不知道……"

"和你同一个岁数。"

而帕拉苏埃洛斯从来嘴上不饶人,立即反问:

"你知道加缪获诺贝尔文学奖时多大岁数吗?"

"不知道……"

"和你丈夫同一个岁数。"

我给利马《七天》杂志的埃尔萨·阿拉纳写了一封信,向她诉说我对《城市与狗》的赞赏和沮丧,我的缺乏鼓舞的感觉,我觉得如果封闭在智利这个环境中,肯定写不出一本达到一定水平的书。我在信中表示的沮丧,是由于——除了我对《城市与狗》的作者极大的欣赏中混杂着合乎情理的妒忌——一种实在很主观的、个人的感觉,认为对于我来说已经为时太晚,认为我年复一年地、一遍又一遍地、一种写法又一种写法地创作着《污秽的夜鸟》,它虽然在膨胀,却没有成长起来,我已经被搞得疲惫不堪了。我都快四十岁了,可我只是两本薄薄的短篇小说集和《加冕礼》的作者,而这个嘴上无毛的黄毛小子……

我从《城市与狗》中得到的刺激不仅是由于它的质量,也不是由于它开始广泛推销时造成的喧闹引起我的羡慕。从纯文学上讲,观察视角问题——从约瑟夫·康拉德和亨利·詹姆斯开始围绕着视角问题发展了小说的技巧,他们两人调整观察视角,每个人都用自己的方法取代古老的第一人称或一个全知全能的叙述者的叙述线索,他们采用形式上复杂的结构,这是对各种小说路子进行的真正探索——确实是马里奥·巴尔加斯·略萨所关心的问题,这位秘鲁人在《城市与狗》中变换视角,玩出了奇特的、令人眼花缭乱的花样:他是有意识地开动脑筋去体验,因此,他是采取对小说的本性进行探索的姿态,一步一步地深入——直至《酒吧长谈》达到顶点——走向省略掉叙述者和表现者这个中介,从而达到一种完全客观化的艺术。那么,西班牙语美洲的读者怎么可能看不到这种我从来不敢涉及的"浮华"的实验呢?卡洛斯·富恩特斯在《最明净的地区》里已经关心到视角的问题了,但是,超越技巧之外的意味着针对视角进行实验的探究——小说家对于小说家自己工作的一种批判——却被这部小说过多的赘肉掩埋了。《城市与狗》则不同,调整视角是其技巧的核心,所以首先正面地涉及了这个问题。实验,技术问题,唯美主义(尽管自然主义在作品中占突出地位),为少数"精英"的文学,这是禁忌。因此,在我们这个范围里,它是玄奥的、浮华的、没落的。要紧的是应当简朴,直截了当,顺老套数走,像新闻一样;顶多能接受一种魔幻现实主义。而《城市与狗》没有一点魔幻,是一本刻意营造的小说,占主导地位的是思辨倾向。然而,虽然它打破了那么多禁忌——也许正因为这样,《城市与狗》才获得了,并且在十年之后继续获得巨大成功,而且可以登上大雅之堂。

那么,究竟是为谁写作?就我个人而言那些准则完全垮掉了,随之开辟了各种可能性。怎样写作?我应当面向谁?巴勃罗·聂鲁达有一次对我妻子说,我应当写一部"智利的社会小说巨著",因为我比任何人都更能体会"穷苦人的饥寒",他这么说是不是有道理?或者是富恩特斯、科塔萨尔、萨瓦托、巴尔加斯·略萨他们有道理?他们指出了一条不是直接的道路——说到走直路,聂鲁达的那句话是决定性的认可——而是一条危险的、实验的道路,可能遭受孤独,不被理解,找不到尺度来衡量你的创作的价值。也就是说,那些作家令人崇敬地甘愿默默无闻,让自己与西班牙语美洲的一般读者隔开的自觉自愿的默默无闻,这是一种向资产阶级趣味的挑战,只有这样,才能跳出写故事的框框。

这些书靠着"信使"们的走动突然传播开来,使小说家们体会到可以为文学上更成熟的读者们写作。现在西班牙语美洲的普通读者更加精益求精了,是这个成熟的、整个大洲的、国际化的读者群在六十年代中期的出现根本地改变了环境,现在摆在作者面前的对象不光是国内的,而是整个讲卡斯蒂利亚语的范围之内了。现在,非常明确,这个读者群感兴趣的是文学本身,而不是作为教育编年史和公民职责的延伸物的文学。这一点可以从博尔赫斯激增的知名度中看得很明显。自然这是由于他在美国、意大利、法国"被发现"。此外,把简明丛书奖授给了一个年纪只有二十六岁、一本在当时完全可以被认为是"难懂"的小说的秘鲁作者也很说明问题。人们在咖啡馆、在聚会时、在公园里更多地谈到科塔萨尔和萨瓦托,而不是谈别的作家,因为这类新的实验文学,这种新的"难懂"的文学,对于打击在它前不久的小说中渲染自然风情或浓郁的社会风情的浪漫主义是一种更强有力的形式。这就永远取消了把应当属于我们的活生生的东西与应当属于外国的、唯美主义的、禁忌的思辨的东西对立起来的陈词滥调。

萨瓦托的作品也通过"信使"们带到了智利。一天,我在洛利托·埃切韦里亚家的聚会上看到了他,四十多年来每天都在这位圣地亚哥出身名门的老太太周围举行有名的文学聚会,她几乎把自己生活中的每一天都献给她崇敬的埃尔南·迪亚斯·阿列塔的朋友们。我坐在第二排,默默地听萨瓦托讲话,他已经不记得了,几年前我们在布宜诺斯艾利斯的佩德罗·埃查圭的家中已经认识了。我听他侃侃而谈,蜿蜒曲折,有声有色,渲染着抽象的观念和海港人的焦虑。我觉得他博览群书,不稳定,好出洋相,睿智,潇洒,好奇,敏感,非常脆弱。在那次聚会上,在他扮演主讲的同时,那转个不停的眼睛在看着一切:看那幅几乎覆盖了大厅整整一面墙的浪漫主义的花卉图画,看那些端着威士忌酒、茶、水和小点心走动着的仆人,他直视着坐在主宾席上的智利评论界的元老,这位元老坐在那里批驳萨瓦托,神态非常自信,带着智利人特有的沉静,对一切处之泰然的态度,以何塞·桑托斯·冈萨雷斯·贝拉、恩里克·埃斯皮诺萨和阿曼多·乌里韦的那种把握,像一个似乎永远不会激愤失态的圣地亚哥人,而萨瓦托以他那速记员般的眼睛把一切都记下来了,用他那港口人的天线把一切都接收下来了。我立即读了《英雄与坟墓》,那是通过萨瓦托在智利的专门"信使"埃德蒙多·孔查给我捎来的。这本与众不同的绝妙的书落入我的手中,正是我一门心思一遍又一遍地写《污秽的夜鸟》之时,我想找到一种合理的形式。就像看了《城市与狗》使我挣脱了小说中的静态视角对我的束缚那样,我觉得《英雄与坟墓》也是直接冲击着我的各种禁忌的一本小说,最重要的是使我发觉,我想把自己走火入魔般体验到的东西加上一种理性的形式,不仅是行为的错误,而且是文学上的错误,与理性的东西相比,非理性的东西可以达到同样的甚至更深刻的理解。有时候非理性可以乔装成理性;智慧和非理性并非对立的词汇;非理性的东西和挣不脱的欲念可以具有很高的文学价值,就像萨瓦托在《英雄与坟墓》中给予它们的价值那样;非理性的幽灵隐藏在我们的日常事物之中,它们悄悄地出现,来困扰我们。无节制的、混乱的理性与思辨会像癌一样扩散开来,给一本像《英雄与坟墓》这样的小说带来这种病态的癌症气氛。

我的妻子是为我搜罗书的"信使",作为礼物,她从布宜诺斯艾利斯给我带来了《中奖彩票》和直到当时胡利奥·科塔萨尔发表的全部短篇小说。自从她在布宜诺斯艾利斯去哲学文学系听了安娜·玛丽亚·巴雷内切亚的课以来,就成了科塔萨尔的崇拜者。我有兴趣但并不很动情地读了这些短篇小说,我游离在如此封闭的结构之外,但是,正像科塔萨尔作品中常见的那样,在先锋派光华的包裹下,掩藏着一种传统结构,一种笛卡尔心理,看来是这些迫使他采取一种与他的素材不吻合的嘲弄姿态,这是一种赎罪。总而言之,他的短篇小说常常是——比如说,像欧·亨利的一样——取决于出乎意料的结局,取决于故事情节本身,为了努力掩盖这些,有时他的作品惊人地累赘。此外,我觉得《中奖彩票》是《坎特伯雷故事》或《十日谈》按港口方式炮制出来的另一个版本,是布宜诺斯艾利斯社会各阶层的目录,以不同的谈吐、习惯和伦理来区分各种类型的人物,这一切完全是很冷静地组织起来的,但如若不是这种传统结构的理性成分与大量不言而喻的卡夫卡式的形式相冲突而没能达到综合的目的,也没有什么不好。冲突的结果是只留下一本像维基·鲍姆所写的《大旅社》那样浮动不定的著作——有很高的精神上的价值,在诗意上有很大的创造。应当记住如果评论科塔萨尔——如在这份记录中评论其他人一样,因为在所有的西班牙语美洲人中间,我完全凭主观爱好来选择,并不打算有何道理,或是想证实什么——我是以高标准的要求来衡量的。这种高标准的要求在读《跳房子》时完全得到满足。在这本书里,《中奖彩票》中没能进行的综合,在一种安排得很好的叙述结构中展开,表现了一个精彩的令人信服的自我,变幻不定、聪明、充满创造才能,不会以他的造作姿态而变形。此外,科塔萨尔是个纯粹的知识分子,因为他喜欢那样,只是他不断地讽刺知识分子,这才表明他害怕当知识分子,也许这是一种不好意思的姿态,或者是对于自己无法当一个普通人的悔罪行为。但是《跳房子》的不断悔罪行为使这本小说变得通情达理,为它增添了亲切感。科塔萨尔是一个勇于赶知识分子精神时髦的作家,却又编造出足够的理由,一方面将赶时髦视为逗人发笑的玩意;另一方面,看到当人与社会环境格格不入时,它扮演着需要彻悟却焦虑又无能为力的角色,这便使他又承认它的价值。他与任何阿根廷人比,更像是一个阿根廷人,正是由于他经历过许多满不是那么回事的事情。他是一个敢于思考的小说家,他的篇章里充满音乐家、画家、画廊、哲学家、电影导演的名字:如此这般的当代文化,人们或多或少接触过,但总是力图掩饰的它的源泉,但在这部小说里都不加掩饰。而我从来不敢设想西班牙语美洲小说有权利这样做,因为这对托马斯·曼来说固然合适,但不是对我们的。据说,一天下午,在布宜诺斯艾利斯的一家咖啡馆的桌子旁,一群朋友围绕在博尔赫斯周围,有人问这位大师,他是否懂梵文,博尔赫斯大概是这样回答的:"喂,老兄,我不懂,只懂人人都会的梵文……"《跳房子》大大提高了这"人人都会的梵文"的能量,那是港口有文化的资产阶级的语言,是阿根廷小说中常用的语言。那么,与那些诽谤它、指责它为没有根基的欧化小说的人的愿望相反,《跳房子》夺回了一个世界和一种语言,并使它具有价值,从这个观点来看,它倒是一种纯粹的民间艺术。

就像我在这里谈到的其他小说一样,《跳房子》把在我那个时代我看作不可救药的文学教条的很大一部分摧毁了,从理论上我知道那些教条已经破产了,因为我读了相当多的书,知道在我们这个世界之外正在发生什么事情。但我只是从理论上知道,只是一种认识,给我的头脑提供另一种不同于以前的规则。詹姆斯、普鲁斯特、福克纳、乔伊斯、弗吉尼亚·吴尔夫、托马斯·曼、塞利纳……是的,好极了,可他们是他们,离我们远远的。但是读这些西班牙语美洲小说,却读进我的皮肤,渗入我的血液,而且我相信,打开了天知道有哪些的闸门呀,使那些欧美大师与我融为一体,化成了自己的东西。

我要说明一点,我读上述这些小说并不是因为我看了报纸上的广告,或是由于评论家让我注意这些小说。我重复一遍:那些诽谤"文学爆炸"的人指责,说一切全靠私人友谊,拉帮结伙,互相吹捧,实质上,他们说的也有一点道理。在六十年代初,如果不是靠着友好的"信使"来回旅行,互相寄赠书籍,互相通信,写札记和评论,谁会知道这些新小说家的书呢?由于《跳房子》使我振聋发聩,我给美国的出版社写信,叫他们赶快买下这本书。他们看了这本书,不敢买,也不敢买《中奖彩票》,拒绝了这两本书。在六十年代初,美国还未做好精神准备吸收来自拉丁美洲的《跳房子》。他们比较容易吸收,比如说,若热·亚马多的书或《加冕礼》,奇怪的是,在六十年代他们会觉得《加冕礼》这本小说很难懂。我这儿有哈里特·德奥尼斯当年的一封信,是回绝《加冕礼》的,因为"作者站在哪一边,赞成谁、反对谁不明确。对福克纳同样也可以这样指责,尽管如此,福克纳仍是大手笔,但他绝不是因为这样才成为大手笔"。五年之后很大一部分拉丁美洲小说家摒弃社会小说一向鼓吹的世界是善恶对立的理论,他们的立场恰恰与哈里特·德奥尼斯的立场相反,可在那个时候是他掌管着拉丁美洲文学在美国并通过美国向全世界传播的闸门。

到1964年,我们这一代作家中很少数人的作品被大量翻译了,一般都由小型出版社或大学出版社出版发行。很少作家有文学代理人。什么是文学代理人?他们起什么作用?我们不得不在胳膊底下夹着自己的手稿,从一家出版社走到另一家出版社,恳求他们出版我们的书。我们直至不久前所缺少的正是一种出版的商业机构,使我们免受窘迫。

很奇怪,我写到这里才发现,在这部分里谈到的书中,没有一本是我从书店里买到的。所有的书不是送的,就是靠"巧取豪夺",靠自己从外地带,靠朋友们推荐,用邮包寄来的,或是通过装在"信使"们的箱子里才弄到的。在布宜诺斯艾利斯,阿莉西亚·胡拉多和碧比娜·莫雷诺·韦约赠给我博尔赫斯的书。胡安·奥雷戈·萨拉斯从加拉加斯给我带来了《消逝的脚步》,蒙特塞拉特·桑斯给我带来了《最明净的地区》,索妮亚·比达尔从墨西哥给我带来了《烈火中的平原》和《佩德罗·巴拉莫》,阿拉斯泰尔·里德让出版社给我寄来了一本《城市与狗》,埃德蒙多·孔查给了我一本《英雄与坟墓》,卡洛斯·富恩特斯本人从墨西哥给我寄来了《阿尔特米奥·克罗斯之死》,我妻子从布宜诺斯艾利斯给我寄来了科塔萨尔的作品。

我不知道我们这一代作家是否能为我所说的打包票,他们所遭受的孤独是否和我的一样。我不知道比森特·莱涅罗或吉列尔莫·卡夫雷拉·因方特会不会说在他们国家也发生类似的事情。我甚至也不知道,提到西班牙语美洲当代小说时,他们是否也会提我提到的这些起了决定性作用的小说。我倾向于这样想:他们多半会提一些其他书名。因为"文学爆炸"的结构,即便不说它是很模糊的,好像也是具有很大伸缩性的。但是我猜测,除去个性和民族不同,他们的经历与我的经历相差不会太远。诽谤"文学爆炸"的人的论断一点不假:在那个时代,是作家本人完成了他们可怜的宣传工作的大部分,现在看来那个时代是那样遥远,是那么不同,因为那时候,如果作家自己不去做这些事情,谁也不会负责运送这些书,也不会谈论这些书。今天已经人到中年的西班牙语美洲小说家在那时候是相对年轻的。他们自己承担起责任,与我们这种不发达的出版业和评论界的环境进行奇特的斗争,在这样的斗争中,那些令人敬畏的美学教条,那些由于过分滥用而变得无用的老朽的假肢,那些已经失去紧束功能的束腰渐渐地被甩到了身后。

VI

我必须重申,我不是职业评论家,也不是擅长用斜体字的引文和所谓博学的醒目的星号来点缀自己文章的学者,我不是掌握一种完整体系用来解释一切文学现象的理论家。我所说的一切只是尝试,是逸事式的,是个人的见证,是印象,是大概情况,因此可能被别人的见证、别人的印象或别的情况推翻。我只不过是个小说家,我更是一个小说读者,我读任何不是小说的东西,或是关于小说的,或者与小说有某种关系的东西时——我不得不承认我在智力上的这种奇特的局限性——就会觉得它们缺乏血肉,苍白简括,是浪费时间。我理解过去,确实理解它,最主要的是由我所读过的小说为它做图解。而今天所能理解的一切,我更多是从小说所暗示的世界中获得,其次才是从科学方面和从报道方面获得。但是我读书并不是为了学习。我读书是由于另一个理由——为了得到快乐,不是为了消遣,这里是有差异的。我宁可一千次地念胡安·贝内特的精湛小说直到念腻为止——因为这能给我带来快乐,而不愿去念阿加莎·克里斯蒂的书来"消遣",因为这不能给我带来一丁点儿快乐,而且,随着时间的推移,我也变成了专家中的一员,他们不仅谈到自己的职业时才高兴,而且要不厌其烦地谈到细枝末节。要想从这份札记中找出它比个人的见证更过硬的东西是徒劳的,我只能证实某几部小说、某几位小说家的艺术给了我哪些感受和印象。我把这些作品和作家,以及同我周围的世界及其变革同我的生活及我认识的其他作家的生活中的事件联系起来看,产生哪些想法。

　　我认识的作家大部分是我这一代或其他几代的西班牙语美洲作家,属于或不属于这个也许存在也许不存在的"文学爆炸"并不重要。他们的小说是我近年来读过的几百本小说中让我触动最大的。不论是珀迪的,巴思的,艾丽丝·默多克或是台尔克派①的,或是君特·格拉斯以及马克斯·弗里施,新兴的意大利派,鲍德温的,连斯泰伦和冯内古特以及美国的黑色幽默小说都不能使我觉得如此适宜,如此亲切。正如卡洛斯·富恩特斯在《最明净的地区》里所说:"咱们落生在这里,有什么办法呢?忍了吧,兄弟。"我觉得那么适宜,倒不是因为使我一劳永逸地明白了什么是布宜诺斯艾利斯的实质,或奥德里亚时期的利马是怎样的;我对这些事情是不太在乎的。尽管它们的品质有高下之分,主张不尽相同,我还是能体会到它们的根源和发展有联系,都是从六十年代初期开始摆脱全国性的行会,直到"信使"们开创的邮路终于促使一个囊括整个大陆的行会形成。

　　当时还是行会的问题。西班牙语美洲小说真正走向世界,是在六十年代后期,从《百年孤独》引起前所未有的、轰动性的胜利开始的。这本书是一个哥伦比亚作家写的,他的名气在此之前非常有限,尽管当时他已经发表了《没有人给他写信的上校》,但他的名字也没有出现在1962年召开的知识分子代表大会上,他就是加夫列尔·加西亚·马尔克斯。应当肯定,"文学爆炸"就像今天认识到的那样,名噪一时,街谈巷议,沾染着恭维和嫉妒。因此,那些出版商由于未

---

① 在拉丁诗歌中,台尔克人是火神伏尔甘手下的工人。

能独具慧眼地识别货物,曾经拒绝过这部或那部小说的手稿,从而错过了机会,他们为此绝望地拔胡子揪头发,同样,也使得小说家们——只是很少数——终于能够通过他们的文学代理人提出很适度的条件,这些文学代理人匆匆忙忙地开始网罗拉丁美洲作家,这一切仅仅从《百年孤独》才开始。

确实,在六十年代,简明丛书奖已五次落到西班牙语美洲人的手中,这就是马里奥·巴尔加斯·略萨的《城市与狗》、比森特·莱涅罗的《泥瓦匠》、吉列尔莫·卡夫雷拉·因方特的《三只悲伤的老虎》、阿德里亚诺·冈萨雷斯·莱昂的《便携式国家》和卡洛斯·富恩特斯的《换皮》。而在那些年,简明丛书奖是在卡斯蒂利亚语世界中唯一真正有威望的文学奖,读者都竖着耳朵听它的消息。就在读者竖着耳朵聆听这种消息的同时,出现了反对派的"信使",他们对这个高潮起了决定性的影响:一些人走遍了整个大洲到处演讲,指责这些新小说家住在国外,远离他们国家的问题,住在国外豪华奢侈的净界①。出了那么一件荒谬的事情,一位教授,我记得他好像姓冈萨雷斯。他抗议把罗慕洛·加列戈斯奖授给嘴上无毛、欧化了的巴尔加斯·略萨,而不是理所应当地授给真正的、英雄的美洲小说家,他们几十年来就盼着得奖了。阿根廷人的文章登在哥伦比亚的杂志上,哥伦比亚人的文章登在乌拉圭的杂志上,乌拉圭人的文章登在古巴的杂志上,当文章的作者进行有名的"文学人行道"活动,诋毁着当时最有名的小说家时,他们自己也大大地出名了。这些人为小说家们帮了一个特殊的大忙,即头一次把他们网罗在一个名叫"文学

---

① 净界,天主教神学名词,指天堂与地狱之间的处所,为圣徒及贤者或稚童死后灵魂的暂居之处。

爆炸"的体系之中。当他们把"文学爆炸"放置在一个有争论的位置上时,就超越了纯文学的性质,而变成近乎街谈巷议的流言蜚语了。六十年代后期的这种反宣传以及《百年孤独》所引起的轰动,终于使有点模糊的西班牙语美洲"文学爆炸"在经过积累之后,最后冲出了教室,冲出了选集,冲出了博学的研究,冲出了课本,冲出了学校,也冲出了专家的手中。

从1965年起,由于摆脱了英勇的、传统的、公民职责的小说的新高潮完全走上了大街,我们充分进入一个更复杂、更矛盾也更不敬权威,对各种"污染"更宽容,以求在严肃性方面更上一层楼的时代。那是披头士乐队的黄金时代,当时,它的整体也像美洲大陆小说的"文学爆炸"一样,已最终定型。据我看,"文学爆炸"最初的总部是在墨西哥,是在卡洛斯·富恩特斯那群被骂为"黑手党"的朋友那里。我们读苏珊·桑塔格的作品,读《在黑暗中躺下》,读鲍德温的作品,我们发现了布洛赫、阿拉瓦尔和卢卡奇,我们谈论野营、琐事、光效应绘画艺术、流行音乐以及格式塔心理学,对法国新小说开始完全厌倦,被偶然性事件所迷惑,为在越南使用凝固汽油弹和入侵圣多明各感到愤怒,我们看到当众烧毁美国的征兵入伍通知书。我们弄不懂,一本像《赫索格》这样精彩而复杂的书会在美国作为畅销书保持那么长的时间,而古巴"美洲之家①"的邀请信好像是向知识分子展开的粘苍蝇纸。1965年在墨西哥城华莱士大街上,我此生头一次看到超短裙。我应邀去参加在尤卡坦半岛的奇琴伊察②召开的知识分子讨论会,我和我的妻子只想把这次旅行延续三个月。讨论会以

---

① 美洲之家,1959年建于古巴哈瓦那的文化机构。
② 奇琴伊察,墨西哥尤卡坦半岛上古老的玛雅文化遗址所在地。

后,我们要去纽约参加《加冕礼》英文版的首发式,然后就回智利。但是我们没有回去。

是卡洛斯·富恩特斯知道我在自己的国内感到窒息,就把我推荐给了鲍勃·伍尔,让他邀请我参加奇琴伊察的讨论会。在智利,我困在与《污秽的夜鸟》的执着关系之中不能自拔,我没能写完它,但好歹也没有一把火把它烧掉。在这不发达国家你必须找三四种不同的工作,也仅仅能使你在星期天可以写作,在经济上支撑得住,因此你知道你命中注定永远也写不出什么巨著,这是一种可悲的众所周知的气馁。

离开智利,到墨西哥去,重新与卡洛斯·富恩特斯接触,去认识胡安·鲁尔福、莉莲·海尔曼、威廉·斯泰伦、奥斯卡·刘易斯、奥古斯托·蒙特罗索,以及一大群墨西哥作家,这些又一次把我完全调动起来了——就像我当年出国到普林斯顿,像我到布宜诺斯艾利斯去的时候一样。我燃起好奇心,而且并没有失望,我满足了那么长时间没有得到满足的渴望。这可能是一种幼稚而天真的感觉——但是并不因为这样它就对我失去了价值,看到周围有那么多通过他们的小说认识的传奇人物,我激动万分。我怎么会忘记莉莲·海尔曼的《小狐狸》中的贝特·戴维斯呢?我怎么能不想让斯泰伦给我说说他出了头几本那么值得称赞的小说之后,经历了十年之久的文学枯竭期?突然间,这些人物都变成了活生生的人,和我在同一张餐桌上吃饭,他们参加工作会议时迟到,带着满脸倦意感到抱歉,他们问我对这件事或那件事的看法,或者仅仅是请我给他们点支烟。

把与会者从墨西哥城载往梅里达的飞机在奥里萨巴火山附近摇晃起来。何塞·路易斯·圭瓦斯气坏了,说他不打算死在这么愚蠢的事故中,因为报纸只会在标题上这么说:"不幸的飞机失事,大批杰出的知识分子丧生。"然后他的名字就出现在有许多人的名单上。他哭唧唧地回忆起他乘坐飞机许多次旅行却未丧命,觉得这样死去是一种浪费,因为如若不然,报纸上就会有这样的标题:"天才的画家何塞·路易斯·圭瓦斯丧生于空难之中。"一天晚上玛尔塔·特拉瓦引诱胡安·鲁尔福和罗伯特·罗森,让他们陪她一起去爬玛雅人的金字塔。那位美国人醉得一塌糊涂,从石级上滚下来了,格劳贝尔·罗查在树丛里找到了他,把他拖到旅馆里,旅馆里的女招待们穿着玛雅仙女的服装,送上尤卡坦鹿肉、新鲜的菠萝和龙虾奶油冻。关于这次讨论会,我记得各色人物、趣事、灿烂的文化遗迹和丛林,就是记不得一丁点儿工作会议的情况,这最能说明国际会议对小说家有什么益处。一天晚上在喝龙舌兰酒、威士忌酒和绝妙的代基里酒喝得有点醉了的时候,一群人在旅馆的楼道里玩当时开始流行的一种游戏特里维亚,吵得天翻地覆;谁在《乱世佳人》里扮演普丽西的角色?谁是《费城故事》的照明师?时装师艾德里安和谁结婚了?竟然有人能回答出几个这些完全荒谬的问题,这使我感到我确实属于国际化的、当代的一辈新人——包括乌拉圭人和美国人、秘鲁人和墨西哥人,因为我们所有的人都参与了同一类世界主义的神话,这些神话中的人物我们常挂在嘴边,这些平凡的神话,有许多被流行文化保存下来,这些神话至少与可歌可泣的民族神话同样时兴。圭瓦斯和斯泰伦是无可争议的冠军,在旅馆的走廊里玩特里维亚时嚷得最凶;突然间,好像有个探索者的鬼魂出现在黑魆魆的树丛里,全白的连鬓胡子,脸气得通红,他是艾尔弗雷德·诺夫,我在纽约的出版人。他身穿睡衣,叫我们闭嘴,使用的是气呼呼的咒骂,说我们不自重,那骂声回响在热带的夜空,就像电影里一样,空中满是萤火虫。在大会期间谈论扮演克娄巴特拉①这个角色的卢佩·贝莱斯的人算得上一本正经的知识分子吗？我以乡巴佬的纯真——虽然我已经参加过康塞普西翁知识分子代表大会——认为,那里记得最牢的,除了和聂鲁达、卡彭铁尔吃过几顿饭以外,是没有做的事情。我原来以为讨论会上作家们应当一门心思直接关注当今世界的变化和悲剧,一次代表会的价值就在于提供给大会的学术报告而不是别的,但是我发现,文学这东西,如果以直接的方法提出要解决的问题,而且只允许在此范围之内,那它就会枯萎,因为如若那样,就缺乏明喻和暗喻这些文学中不可缺少的成分;比喻,完全可以采取点到即止的方式,间接的方式,影射的方式,司空见惯的方式和以理性面貌为掩护的非理性方式,就像这次讨论会呈现的正面形象一样。从正面看,确实什么也没有发生,但是在背后发生了许多事情:就像平图里乔的壁画那样,最终给人留下深刻印象的最突出的东西不是中心人物,而是有趣的情节或次要的细节。譬如玛尔塔·特拉瓦怎样起劲抖动着蓬乱的头发和她那闪闪发光的衣服;孤独和蔼的胡安·鲁尔福怎样像迷路人一样走在热带的夜色中;奥斯卡·刘易斯如何天真善良,比他表达的一些思想更引人注目,他的小说《桑切斯的孩子们》那时在墨西哥,也许在全世界,是人们谈论得最多的一本书;杰伊·劳格林如何听了尼卡诺尔·帕拉在一个角落里讲的什么带有嘲讽的评论,就捧腹大笑起来;达尔米罗·萨恩斯如何变得腼腆起来,我觉得他忽然离开了布宜诺斯艾利斯那样的环境,变得非常脆弱,失去了他好吹牛皮说大话的劲头;莉莲·海尔曼怎样断言她从来不上剧场,因为她不喜欢,这

---

① 克娄巴特拉(约前69—约前30),古埃及托勒密王朝最后一任女法老,通称"埃及艳后"。她的事迹经常被拍成电影。

话是在特意为她上演的《秃头歌女》专场演出时说的。

在令人眼花缭乱的墨西哥式的狂欢活动中,发生的事情也许没有什么深刻意义,却给我作为作家的身心解放的另一阶段画了个句号。狂欢活动达到顶点,是在卡洛斯·富恩特斯位于墨西哥城塞贡达·塞拉达·德加莱亚那的家中由墨西哥作家们为外国文化人举办的庆祝会。丽塔·马塞多主持狂欢和热闹的盛会,这位美丽的女演员是卡洛斯·富恩特斯的妻子。她像一尊静止不动的不可触摸的女神像,好像是文化界的头面人物特地为了这个场合把她作为刚刚开幕的墨西哥考古学人类学博物馆里最珍贵的展品借来了。在那拥挤的大厅的一角,基蒂·德奥约斯——墨西哥的电影明星,拿起罗德曼·洛克菲勒那清教徒的僵硬的手,把它放到自己的臀部,这位美国百万富翁由于这种强烈的感受,一双眼睛在镜片后面都瞪直了。"摸吧,就叫你看看而已……"女演员说。在那难忘的由于喧闹简直都听不清楚的《我想握住你的手》的乐声中,埃里卡·卡尔森和阿拉贝拉·阿本斯——危地马拉前总统的女儿,她们疯狂地跳舞,还有契娜·门多萨,她简直要把那石榴红灯芯绒的衣裳、露指手套和黑色镂空长袜都脱光了。这些"舞蛛"把最胆怯的人的目光引向随着有如鼾声的节奏身不由己扭动的腰肢,美人们把她们华丽的衣服一件一件地往下脱。尼卡诺尔·帕拉和胡安·鲁尔福说着讽刺话,索妮亚·比达尔唱了一首歌。我在一个个厅堂和花园里寻找加夫列尔·加西亚·马尔克斯,因为我在奇琴伊察读了《没有人给他写信的上校》,感到十分震惊。有人说:"加博[1]也在庆祝会上。"我把这个消息告诉妻子,让她也帮我找。这时候一个留着小黑胡子的人走过来

---

[1] 加博,加夫列尔·加西亚·马尔克斯的爱称。

问我是不是贝贝·多诺索,当我们按照拉美方式拥抱的时候,有一个放浪的"舞蛛"款款走过,使我们分心。

在那个场合我们没法继续谈话,但是后来我们谈了。加西亚·马尔克斯对我说,他正陷入一种文学枯竭之中,快十年了,不能自拔。他的书在一个非常狭窄的范围之内流传,而我呢,至少还有希望,《加冕礼》在美国快要出版了。在为写完《污秽的夜鸟》而做一次必要的总结时,我可以得到某种鼓舞。我看到加西亚·马尔克斯好像很消沉,很忧郁,被文学上的困境折磨着,他的这种困境与埃内斯托·萨瓦托一再遭遇的困境以及与胡安·鲁尔福的永恒的困境一样被人们广为流传。但是鲁尔福断言他并未陷入什么困境,只不过是以前想当作家,现在不想当了。然而他以众所周知的荣耀走出了困境。于是我决定不回智利去了,因为如果我回去,我将永远处于执着于我的那本小说的境地,沉溺于那些对于我没有一点好处的许多种工作之中。我和妻子留在了墨西哥,在去纽约参加《加冕礼》首发式之前的三个月中能写点什么就写点什么。我们住在卡洛斯·富恩特斯租给我们的位于加莱亚那大街他那花园深处的小楼里。

没过几星期我就开始写《没有界限的地方》。我不能够,也不应该继续执着于写我的那部长篇小说。为了摆脱困境,我有必要写些短点的东西。为此,我把《污秽的夜鸟》的多种版本中的一个长度大约有一页的故事分离出来,加以扩充。两个月以后,它就变成了《没有界限的地方》。我钻到花园深处阴凉里的小楼敲打着键盘,在花园另一头的大房子里,电唱机以最大的音量播放着维瓦尔弟的《四季》,卡洛斯·富恩特斯伴着音乐在写《换皮》。我的妻子在花园里她那小桌上翻译朱尔斯·法伊弗的《色鬼哈里》。富恩特斯的书房下面,靠着朝花园敞开的窗户那儿,丽塔·马塞多正在用缝纫机为她自己和她那刚开始电影生涯的女儿胡利莎缝制演出用的华丽服装，好像是个女巫在用五颜六色的布料编织着我们各自的文学前景。

我必须讲一讲——以便表明我以及在智利或者在其他拉丁美洲小国的我们这一代几乎所有的作家都已经习惯了的经济状况，我认为我的长篇小说之所以处于困境，并且这种状况延续了那么多年，原因之一是因为西格-萨格出版社，它是我当了多年编辑的《埃尔西利亚》杂志的股东，在1960年借给了我一千美元巨款，以换取我的一本还没有开始写但总有一天要为他们写的小说。这一千美元是为了购买去欧洲的飞机票，去领取智利-意大利奖，但是奖金中不包括机票。在欧洲，将近一年期间，我必须把各种访问和通讯写出来寄给《埃尔西利亚》杂志。

但是我欠着债，我拼命想还债。一千美元当时在智利被视为一笔巨款。还清债务，脱离西格-萨格慷慨手心的唯一办法是写《污秽的夜鸟》。由于我所处的经济条件，这种压力增加了千百倍，使我在很长时期一筹莫展，我无能为力——在我这种境遇中一个作家是无能为力的，靠我的文学工作是搞不出一千美元的。但是在墨西哥，我开始想，归根结底，我的小说不必非得那么巨大。我为什么不写点短的容易的，对我来说不那么至关重要的不那么费劲的东西，以便把我从奴役中解救出来？因为说到底，若是从智利以外的角度来看，一千美元并不是什么大不了的事情。

墨西哥所有的甚至包括国际的文学、美术、电影、戏剧及社会的浪子们都走马灯似的出入卡洛斯·富恩特斯和丽塔·马塞多的家，还有美国的出版家、文学代理人、电影导演、杂志社主编和企业家等。从古巴来的不仅是邀请信，还有像罗伯托·费尔南德斯·雷塔马尔那样的达官贵人，他那高雅的文化素养使得墨西哥的各界都感到茫然。豪尔赫·伊瓦古伦戈伊蒂亚和奥古斯托·蒙特罗索讲着大不敬的笑话,嘲笑拉丁美洲文学那史诗般的重负。"肥肥①"出席了这批墨西哥新作家在美术宫召开的报告会,穿着紧身服装,戴着假发,披着染成粉红色的狐皮。人们就在位于加莱亚那大街的房子里开始拍摄一部影片,在由卡洛斯·富恩特斯的一部短篇小说改编成的《两个埃莱娜》中,胡利莎和恩里克·阿尔瓦雷斯·费利克斯扮演那对主人公。加莱亚那的房子被化妆师、梳头师、照明师、群众演员、摄影师、朋友们和看热闹的人挤成了一锅粥。漫长的令人厌烦的拍片时期开始了。那期间,一切都是试着来的,总是有点什么不合适的地方,总是缺少点什么,譬如某种式样的衣服,一幅窗帘,一张双人床。有那么一天早晨,双人床从我们热乎乎的身底下被抽走了,因为这是家里唯一的一张,总会有那么个把人跑来让停止一切,比方说,赫赫有名的玛丽亚·费利克斯,她是墨西哥电影皇后,她会突然出现,为的是亲热地吻一下摄影师加夫列尔·菲格罗亚,并且看看她儿子恩里克演得怎么样。恩里克在塞西莉亚·富恩特斯的那架秋千上荡着,这时我和妻子就听他向卡洛斯·富恩特斯侃侃而谈,这些谈话内容,后来大部分写进了《神圣的地区》。几个月以后《两个埃莱娜》的结尾是在纽约拍的——我和妻子到纽约参加艾尔弗雷德·诺夫举办的《加冕礼》首发式,碰巧也赶上了这个壮观的电影狂欢节。在圣里吉斯旅馆的一个轰动一时的庆祝会上,卡洛斯·富恩特斯把与他有私交的纽约名人统统召集来,从拉齐维尔公主②到朱尔斯·法伊弗。萨尔瓦多·达利由于牵着他驯过的豹子上银幕就要价一万美元,因

---

① 本名尤兰达·蒙特斯(1932—),墨西哥舞蹈家、演员。
② 拉齐维尔公主,即李·拉齐维尔(1933—2019),波兰王妃、室内设计师、美国肯尼迪总统夫人杰奎琳·肯尼迪的妹妹。

此不劳动他了,而我们其他所有人作为群众演员都上了银幕。

1965年,当我在爱荷华提议开设把拉丁美洲当代小说译成英语的翻译课时,万斯·布尔哈利对我说,最好是开诗歌的翻译课,因为诗歌是我们在国外更享有声誉的文学形式,而那些小说家,谁都不知道他们,谁都对他们不感兴趣。我起劲地为自己的想法争辩,最后我赢了。我声称,也许这正是标志着西班牙语美洲文学的"当代"时刻的许多种变化之一。我认为自己这么说不无道理。我们的诗歌有巴勃罗·聂鲁达、塞萨尔·巴列霍、奥克塔维奥·帕斯、鲁文·达里奥、尼卡诺尔·帕拉这些不朽的名字点缀着,但诗歌作为文学形式现在已经不再那样活跃了,也许这是因为能接受诗歌的读者群现在太单一化、太学院化了。而与此同时,小说摆脱了它那一本正经教化人的羁绊,在吸引国际读者方面显示出各种潜力,一下子走到了最前列,占据了以前诗歌所独占的位置。

我并不是说我们的当代小说,比方说,比法国的、西班牙的或英国的小说更伟大,这样比很幼稚,而且也没什么意义。然而我对这一点坚信不疑——对于西班牙语美洲人来说,小说突然变成了极好的艺术形式,在二十世纪六十年代成为体现我们这个世界艺术活动的特点的形式,就像三十年代及三十年代稍前一点在西班牙写的抒情诗一样,像二十年代墨西哥的壁画一样。六十年代,小说对于那一时刻的拉丁美洲就像戴合适的手套一样,刚巧正好。我发现,三十年代卡斯蒂利亚语诗歌产生了大概是永垂不朽的——如果这个已失去威信的单词还有效的话——作品,然而说到当代西班牙语美洲小说,还没有任何明确的定评。另一方面我还发现,随着时间的流逝,墨西哥的壁画日益显得贫乏,现在它那些过多的指手画脚的说教式的辞令已经完全失去了说服力……这种情况,过一二十年完全可能发生在

"文学爆炸"身上。但是眼下它使人振奋,手里有西班牙语美洲小说,你会感到生命体的律动,比任何其他艺术形式给予的感觉更强烈。

总而言之,七年之后的今天,万斯·布尔哈利已经不会再和我说当时他在爱荷华大学和我说的那些话了:"《跳房子》《三只悲伤的老虎》《丽塔·海沃思的背叛》《百年孤独》《博马尔索》,它们在美国已经出了太多的风头。"确实,一部艺术作品最能打动人的地方在于它体现了当代的本质,而不是使之程式化。我承认,虽然拉丁美洲小说从那么多意义上来说"体现着当代的本质",我仍然生怕它很快就会过时。但是我又考虑到也许不会这样,因为迄今既没有人提出各种理论,又没有人主张某种立场,而是一切像自然生长那样发生和长芽,况且,一旦"文学爆炸"作为一个整体过时,将不会留下什么理论残骸,也许只留下永不泯灭的五六本小说。想到这些,我的恐惧就减少了。是的,也许过些时候当代西班牙语美洲小说——包括西班牙语美洲小说界最有地位的小说家们——也许并非我们这一时代最好最伟大的。但是,这没有关系,冒险是值得的。我只想阐明一点:在二十世纪六十年代,小说是最能表明西班牙语美洲特点的艺术形式。

在过去的五年里我围着自己打转,想捕捉《污秽的夜鸟》,而在墨西哥加莱亚那的花园里,我完成了《没有界限的地方》。卡洛斯·富恩特斯读了原稿,他说,这本书实在太好了,不该用来还一笔在智利欠下的一千美元的荒谬的债,因为那样的话这本书将永远不会越出智利的国境,因为出版垄断会阻止它。他说这本书最好在墨西哥出,在墨西哥我的作品更容易抛头露面。华金·莫尔蒂斯出版社当时面貌一新,很有活力,对这本书很感兴趣。此外,我已经摆脱了羁绊,一面慢慢地从容不迫地写完《污秽的夜鸟》,一面写些别的东西,自信会很容易摆脱那一笔有名的债。用卡斯蒂利亚语写作,在智利以外出版,这至少象征性地意味着一种解放:不再听命于垄断的出版和智利人的情趣而获得某种自治,这是很重要的。

　　这时候《冲突》杂志的总编辑来到墨西哥,他谈到要为拉丁美洲作家创办一本与《冲突》相当的大型杂志,杂志社地址设在巴黎。在他此番拉丁美洲的旅行中,毫无疑问会找到很多适合干这项工作的人。果然,他在蒙得维的亚与埃米尔·罗德里格斯·莫内加尔有了接触。几个月以后,第一期《新世界》问世了,当时最有名的作家为其撰稿——除科塔萨尔和巴尔加斯·略萨之外,他们拒绝参加。这毫无疑问使"文学爆炸"具有一个清晰的形式了,因为,主要是那些被排除在这本杂志以外的作家,他们开始讲有一个"黑手党",有一个由离开故土的作家们组成的"垄断组织",他们像奥林匹斯的众神那样在国外生活,利用《新世界》来分享那些使他们成功的秘方。埃米尔·罗德里格斯·莫内加尔很有才能,很有鉴别力,在他主办这份杂志的那些年里,杂志对一代作家的最终形成起着决定性的作用。有人指出《新世界》没起什么作用,埃米尔·罗德里格斯·莫内加尔也没起什么作用,说这种现象,说二十世纪六十年代拉丁美洲文学的奋起是已经存在的事实,《新世界》没有创造任何东西,只是把它们收集起来了而已,而且"只是部分地收集起来",因为科塔萨尔和巴尔加斯·略萨从来没有给杂志写过什么,尽管杂志常刊登有关他们作品的评论和书评。不管怎么说吧——这并非出于偶然,而是必须具有个人的鉴赏力和对整体的认识,不管是好是歹,《新世界》是当时拉丁美洲文学的喉舌,尽管立论不无冒失,我仍相信当"文学爆炸"的面貌表现得最为紧凑的时候,它的历史是写在了《新世界》的篇章里的,直到埃米尔·罗德里格斯·莫内加尔离开出版社为止。

在我们那个时代,所有的文学杂志,从《南方》到《美洲之家》,抛开各自不可避免的局限不谈,没有一种能像六十年代末《新世界》杂志那样对我们这个时代和环境的文学里存在着某种活生生的东西毫不含糊地、广泛地表达出热情。

VII

我觉得名副其实的"文学爆炸"的故事,始于 1965 年,始于在卡洛斯·富恩特斯家里穿得珠光宝气裹着裘皮形象严肃的丽塔·马塞多主持的那个庆祝会。那是第一次爆发的时候。古巴以自由为承诺,对知识分子实行接近政策把我们整个范围的人都结成同盟,使一切看上去正在渐渐凝聚,直至《新世界》成立,咄咄逼人地把社址定在巴黎。

我认为"文学爆炸"作为一个整体的结束,就是假设它不单是存在于想象之中而是确实存在过的话,是在 1970 年除夕,是在路易斯·戈伊蒂索洛巴塞罗那的家里,是在由路易斯的夫人玛丽亚·安东尼娅主持的盛会中。她身穿一件长达膝盖的五彩天鹅绒裤,黑长靴,戴满了豪华的奇妙的首饰跳舞,就像是莱昂·巴克斯特为《舍赫拉查德》或《彼得鲁什卡》设计的时装模特似的。科塔萨尔蓄着他那漂亮的有点发红的大胡子,和乌格内跳了一个动作激烈的舞;巴尔加斯·略萨夫妇当着围成一圈的来宾们跳了一个秘鲁小华尔兹舞;然后,在同一群人的掌声中加西亚·马尔克斯跳了一个热带的梅伦盖舞。与此同时,我们的文学代理人卡门·巴尔塞尔斯斜倚在长沙发的软垫上,喂饥饿的奇妙的鱼,装有照明的鱼缸就装在房间的墙壁上。费尔南多·托拉、豪尔赫·埃拉尔德、塞尔希奥·皮托尔在帮忙,他们同时得意地搅拌着这可口的文学浓汤配料。卡门·巴尔塞尔斯手上好像有操纵线,牵着我们大家像木偶似的跳舞,而她却只是望着我们,也许在欣赏,也许很眼馋,也许两者兼而有之,与此同时,她还观赏着在鱼缸里翩翩起舞的鱼。

那天晚上最主要谈的是成立《自由》杂志的事,这件事曾在科塔萨尔位于沃克吕兹的家中策划过,当时一群居住在巴黎的西班牙语美洲作家驱车前往阿维尼翁,与另一群居住在巴塞罗那的西班牙语美洲作家会合,他们是去参加卡洛斯·富恩特斯编剧、萨米·弗雷和玛丽亚·卡萨雷斯主演的电影《山中无老虎,猴子称大王》的首映式的。这次他们商定了怎样创办刊物,怎样扩大很有限的主编数额,甚至还确定要轮流当主编,并且定下来长长一大串捐款合伙人名单。这令人不得不想起另一次节日,一次有龙舌兰酒和很多纸花的在墨西哥举行的盛会,那是为了预祝另一份杂志创办,它的地址也和《自由》一样选在巴黎。那次新年在戈伊蒂索洛夫妇位于巴塞罗那的家里的聚会中,也洋溢着一股希望、团结、欢乐和信心十足的气氛,虽然已隐约感到有些明枪暗箭了,来自那些很快觉得自己被排除在外的人,还有一些冒失的人发表了一些措辞不确切的宣言。不久后,《自由》杂志解体了,骇人听闻的古巴"帕迪利亚事件"爆发了。在那么多年间收容了具有多种政治色彩的拉丁美洲知识分子的广泛团体现在被这件事打破了,把他们从政治上、文学上、感情上分裂成令人痛心的、不可调和的帮派。"帕迪利亚事件"一声巨响,把我在1962年康塞普西翁大学召开的知识分子代表大会上、在"文学爆炸"酝酿之初第一次看到从拉丁美洲知识分子中萌生出来的团结给断送了。

"文学爆炸"历时多久?如今它仍然继续存在吗?放宽最大的时限,难道可以从《消逝的脚步》和《佩德罗·巴拉莫》问世开始,并且一直延续至今？或者说，只是以《新世界》的成立为开端，以《自由》的成立而结束？或许它是从1962年的康塞普西翁知识分子代表大会开始的，而在那次会议上人们愤怒地抗议拉丁美洲国家之间在文学上互不了解，这一抗议似乎产生了如此大的效果，以至于如今使所有的拉丁美洲小说都属于或是都将属于"文学爆炸"，因此"文学爆炸"将继续延续下去，变得越来越有群众性，直至时间的终点？我不知道答案。我想，随着看问题的方法不断改进，随着流逝的时间一点点改变我们对"文学爆炸"的起止点的看法，教授和专家们会把这些问题渐渐说明白，再过一些年，会出现另外一些小说，我们可能看不到了，但是随着这些书的出现，那些我们今天看上去很充实的小说毫无疑问会变得干瘪。我在这里，在这些札记中只能提供一些有限的证据，讲讲我的片面看法和我的热忱，这是一种很局限的事实，因为只是从我个人非常有限的角度来看的。随着时间的推移，专家们将会决定谁属于、谁不属于这个如此争论不休的"文学爆炸"的行列。特别是近年来，"文学爆炸"已逐渐变成一辆草台班子的花车，说不清什么形状，伤痕累累，名声很不好，但大家却争着往上爬，至少许多出版商和评论家都想推着那些新小说家往车上爬，把奖发给随便哪本拉丁美洲小说，哄骗读者，把这部小说也归到已经超载的、其范围已经无法确定或说明的"文学爆炸"中，他们这样做的时候往往连作者本人都不知道，或者并不愿意这样。

还有一个新奇的材料要补充一下：正是在二十世纪六十年代末巴拉尔出版社自塞依克斯巴拉尔出版社分裂出来，这一分裂断送了一个在刚刚过去的十年中对拉丁美洲小说国际化最有影响、与"文学爆炸"有解不开关系的机构。分裂的时间正好与在路易斯·戈伊蒂索洛和玛丽亚·安东尼娅夫妇家里举行的有名的新年聚会和《自由》杂志的创刊巧合,与自从"帕迪利亚事件"以来开始的弥散与幻想破灭巧合。有人抱定这样的看法,即我们这一代最有名的出版社的内部分裂并非出于偶然,恰恰相反,是卡洛斯·巴拉尔本人造成的,他想给"文学爆炸"画出一个终极界限,好让"文学爆炸"的轮廓正好与一个时代吻合。还有一些人指出,分裂之所以发生是因为发现了加泰罗尼亚人的一个阴谋,必须立即制止。说来新奇,在十次简明丛书奖中,有五次是发给西班牙语美洲小说,从而造成了西班牙语美洲小说的声誉,而在这个评选委员会中主要是加泰罗尼亚人,他们是卡斯特列特、克罗塔斯、费利克斯·德阿苏亚和卡洛斯·巴拉尔。他们四个评委的母语是加泰罗尼亚语,而其他评委是:胡安·加西亚·奥特拉诺、加夫列尔·加西亚·马尔克斯和马里奥·巴尔加斯·略萨,他们的母语是卡斯蒂利亚语……那些加泰罗尼亚人打算一次又一次地奖给一些用相当奇特的变种的卡斯蒂利亚语写的拉丁美洲小说,以败坏卡斯蒂利亚语小说,从而最终打破巴利亚多利德的卡斯蒂利亚语和用这种可恨的语言写的小说的霸权。

从墨西哥围绕在卡洛斯·富恩特斯周围一群朋友写起,路易斯·吉列尔莫·皮亚扎发表了题为《黑手党》的一本历史小说,正像他在那些年所说的那样,采用地道的"内幕"爆光笔法,根据有关这一群令人嫉妒、把别人排除在外的作家的流言写成。就是从这本书开始,那些阴暗的流言传播开来,说有那么一些专事互相吹捧的作家勾结成见不得人的帮派。然后是路易斯·哈斯的《我们的作家》,以严肃得多的方法,在几年前收集评点了十个当时看来在文学全景中是最站得住脚的作家。然而时间才过了几年,他们的名声、他们的文学质量就有争议了。但是,围绕着"文学爆炸"的所有设想中,没有比"文学爆炸"的构成,即谁属于、谁不属于"文学爆炸"或者假如公认"文学爆炸"内部有等级之分,谁属于哪一个等级这个问题那么触动人心,那么令人痛苦,那么棘手了。

如果同意分成等级的说法,对于读者来说,由四个人组成鼎鼎有名的"文学爆炸"的"最上层"或"宝塔尖",或者就是所谓"黑手党"的"首脑",他们曾经是而且继续是被夸张地褒贬的对象,他们是胡利奥·科塔萨尔、卡洛斯·富恩特斯、加夫列尔·加西亚·马尔克斯和马里奥·巴尔加斯·略萨。读者们疑心他们是生死之交,文学趣味一模一样,政治立场完全相同,各自拥有一帮至死追随他们的朝臣,全都住在外国的首都过着奢华的生活,与知识分子中的精英打交道。可是,这当然是太天真了,而且也不真实,同样,认为人类关系和政治关系是静止的也不真实,认为他们发表的见解会保持永恒的一致,这也是靠不住的,因为作家们常常是非常倔强的个人主义者。此外,正如盖尔芒特公爵夫人①是从外部观察的一样,被包括或不被包括进"文学爆炸"的标准,被包括或被排除的人选,充其量不过是那些想跻身于这个行列而未能如愿人眼中的幻景。毫无疑问,这四个人有高质量的流传得非常广泛的被译成各种文字的作品,他们之间互相产生巨大影响,对"文学爆炸"其他等级的作家也影响颇深,他们构成了"最上层",构成了"宝塔尖"本身。但是这仅仅只有四个人的"宝塔尖"也确实填不满全大洲整整十年的文学舞台。为了使"文学爆炸"具有更大规模、更加充实,人们就把一些与"宝塔尖"的作家在文学上有联系的几个大作家也加进去了。他们是大作家,这毫无疑问,虽然从他们的年龄和他们的倾向来讲也许塞不进这个"文学爆炸"了。比如说,博尔赫斯,他不写长篇小说,还有,他那反动的政

---

① 盖尔芒特公爵夫人,普鲁斯特《追寻逝去的时光》中的一个人物。

治立场是令人难以容忍、难以接受的;胡安·鲁尔福和阿莱霍·卡彭铁尔,看来自打创世纪以来他们就在等待成熟,好叫什么人来收获了;还有奥内蒂,他的形象始终是不公开的、隐秘的;最后是何塞·莱萨马·利马,他的《天堂》终于问世,这位有一把年纪的古巴人点燃了最后一把耀眼的火。这样就形成了第二个等级,可以称之为"第一期文学爆炸",他们与"宝塔尖"一道成为"文学爆炸"中两个界限最分明、争议最少的等级。

再往下那些等级就逊色一点了,也更模糊不清了。比方说,埃内斯托·萨瓦托,难道他就没有资格进入"宝塔尖"?他在欧洲某些国家获得的成就无可争议地比"宝塔尖"上的某些作家还要大呢!但是他坚持把自己排除在他们之外,甚至近十年来他始终闭口不谈出版他的《英雄与坟墓》的英文版。难道吉列尔莫·卡夫雷拉·因方特也不属于"宝塔尖"吗?他自己译得非常精湛的英文版和法文版的《三只悲伤的老虎》是全世界议论的话题,所以他有资格包括在"宝塔尖"中吗?由于某种原因,或由于他们自愿游离在外,或由于读者听到什么流言而把他们看作游离在外,这些小说家的位置是浮动不定的、有争议的。总而言之可以这样说,他们游离于"宝塔尖"和"第一期文学爆炸"之外,但无论他们是因为文学或非文学的原因被排在这两个等级之内或之外,这些人的名字都使"文学爆炸"现象变得丰富,为它增添了光彩。

根据这种靠不住的分类——不必过分认真地对待它,差不多可以把它当作一种有趣的游戏,依我看,处在比较低的位置上的读者,看到的是比这数目更多的作家形成了群体,他们每个人都有稳固的声望,他们作品的译本都受到称赞。他们的名气,在一些地方大一些,在另一些地方小一些,但都遍及整个讲卡斯蒂利亚语的地区。这个"文学爆炸的主体"是由这些人构成的：奥古斯托·罗亚·巴斯托斯、曼努埃尔·普伊格(他是这群人中间最杰出的一个)、萨尔瓦多·加门迪亚、戴维·比尼亚斯、卡洛斯·马丁内斯·莫雷诺(他的小说《伴随着曙光》该当享有更大的名望)、马里奥·贝内德蒂、比森特·莱涅罗、罗萨里奥·卡斯特利亚诺斯，智利的豪尔赫·爱德华兹和恩里克·拉弗尔卡德，还有奥古斯托·蒙特罗索、豪尔赫·伊瓦古伦戈伊蒂亚、阿德里亚诺·冈萨雷斯·莱昂，还有好多别的作家，他们的名字，正像社会上的编年史家所说的那样，我一时想不起来了。

再往下是"青年'文学爆炸'"，这就是说，根据弗朗索瓦丝·瓦热奈尔向《世界报》的读者们所断言的，属于更加年青的一代作家们，他们继"文学爆炸"的大作家之后，为西班牙语美洲小说寻找新的途径。但是他们的作品还太短小，或者只是在某些集团之内享有名气。这位法国女记者把塞韦罗·萨尔图依列在这一等级作家之首，还可以补充的人名有：何塞·埃米利奥·帕切科、古斯塔沃·赛恩斯、内斯托尔·桑切斯、阿尔弗雷多·布莱斯·埃切尼克、塞尔希奥·皮托尔和安东尼奥·斯卡尔梅达。

与被我称为"'文学爆炸'的主体"的等级保持着平行，有时比它略高一点，有时比它略低一些，但总是独立存在着的是个封闭的阿根廷当代小说的"小'文学爆炸'"，它非常重要，非常丰富，但是也许由于那么长时间专制统治下文学留下来的某种清高的传统，也许由于庇隆年代造成的延续至今的茫然状态，使这个"小'文学爆炸'"未能以应当的方式加入其他拉丁美洲小说的行列，而是有一点游离在外，依照自己高傲的规律行事，这些人包括：曼努埃尔·穆希卡·莱内斯(他的《博马尔索》由埃德蒙·威尔逊本人在《纽约书评》上发表评论，这是没有多少人可以谋求得到的殊荣)、比奥伊·卡萨雷斯、贝贝·比安科、穆雷那、贝亚特里斯·吉多、萨拉·加利亚多、埃尔维拉·奥尔非、胡安·何塞·埃尔南德斯、达尔米罗·萨恩斯。还有许多人的作品构成当今阿根廷小说极为丰富的全貌,但是,或许出于自愿,或许由于其他原因,这些小说家还处在不为人知的状态,他们的名字没有能够理所应当地在西班牙语美洲世界流传。

最后还有"次'文学爆炸'",那显然是家造的名声,由金额很低的评奖炮制出来的名声,书上围着耀眼的纸条,宣告该书很快售出了十版,对此无人置疑,但谁也不把它看得很重。正是在这个等级的人中间酝酿着怨气和嫉妒,他们想要得到什么却又得不到,而且他们并不太明白自己究竟想要什么东西,正是他们在制造仇恨和争端,正是这些同一国的人不明白当今世界向西班牙语美洲小说展开了一个多么广阔的领域,由于是同胞,由于他们充满了一种不会冲着另一个国家的小说家发泄的嫉妒,尽管他们可能住在法国,但好像他们的思想仍然停留在乡巴佬水平,由于他们不停地与人攀比,他们越来越无可奈何地领悟到,要赶上某个处于"宝塔尖"上的同胞,还差着几千级台阶要攀登呢,当然,他们否认那些人是精英,否定他们的文学质量。

我再次重复,我这里对"文学爆炸"进行的分级,只不过是一种游戏的方式,我并不想提出把所有应当列入的人归纳到每个档次的名单。不管怎样,"文学爆炸"正处于危机中,再说,它也是一直如此,但如今它的危机是盛极所致,是由于它太热闹太轰动了,由于挤入或被拉进"文学爆炸"队伍之中的小说家人口过剩,由于失去了秩序和准绳,以至于进入七十年代一切都变了,变成一个大杂烩,很难弄清其价值,难以判断。我重申,有些青年小说家说谁谁"写得像科塔萨尔一样糟",如果说科塔萨尔的模仿者日益增多了,自然埋伏在莱萨马·利马名望后面的诽谤者也会增多。科塔萨尔派的小说家与莱萨马·利马派的小说家之间的斗争导致了这十年很有趣的结果。尽管《换皮》获得了简明丛书奖,由于显而易见的原因,卡洛斯·富恩特斯在西班牙相对来说不那么知名,与其他三个人相比,他位居"宝塔尖"在西班牙更有争议。一部大作问世似乎耗尽了它的作者的生活积累,作品问世后随之而来的是沉寂,比如加夫列尔·加西亚·马尔克斯的《百年孤独》之后的沉寂,使他的对头们充满希望,他们计算着,超过了几个月,而他没有发表许诺过的下一部新作,便兴高采烈地预言他全面最终地文思枯竭,如同胡安·鲁尔福的情景一样,只不过由于胡安·鲁尔福不再写作,大家都崇敬他、称赞他。新一代小说家发现六十年代的小说文学性太强了,于是他们现在就像所有的先锋派一样,致力于创造一种"反文学""反小说"。在不到四十岁的人中间,有一些精力充沛的小说家,他们创造出精彩的、有趣的小说,比如曼努埃尔·普伊格,还有马里奥·巴尔加斯·略萨,虽然后者属于"宝塔尖",可两个人都投入了电影界,两个人都有类似的新颖的观察力。

也许是吧,也许"文学爆炸"正处于危机,但是,总而言之,够了。如果曾存在过某些东西维持着它不牢靠的内聚力的话,那么,现在这些东西已经不复存在了。也许时机已经过去,我们已经不必继续讲什么"文学爆炸"了。我们可以停止为登上那辆花车而互相扇耳光了,那些依然保持着光彩的明星在那辆花车上继续旅行。"嘭!""文学爆炸"是一场游戏,也许更确切一点说,是一种培养液,在西班牙语美洲长达十年的时间内,滋补了疲惫不堪的小说形式,然后它即将消失——现在已经不怎么说起它了,大概会留下三四本或五六本精彩的小说,使人们还能记起"文学爆炸"。为了这几本书,引起那么大轰动,造成那么多喧闹,值得吗?哪些小说将会留下来?会流传多久？谢天谢地，这些还不知道。与此同时，我们仍然继续拼命写更多更多的东西，它们可能一诞生就处在衰败之中；或者正相反，像莱萨马·利马的情况那样，当普遍觉得不可能的时候，却造出新事物。

　　我的这些记录，并没敢奢望哪怕是搔及"文学爆炸"实质的表皮，更谈不上什么确立"文学爆炸"的理论。也许，由于简单的无知或是遗忘，我把一些运动，几个国家，一些非常重要的人名全排除在外了。也许人们可以说出更多的与事件或理论有关的东西。但是，也许还不到时候，我们既不知道怎样去衡量，也不知道怎样去选择。总而言之，我对"文学爆炸"的体验——且不论我自己在其中属于哪个等级——是带有一种激情和参与者的心态，这很可能弄错这里谈到的事情的真实面貌。这里的许多篇章虽然看上去很可笑，但是我觉得，自己与六十年代的小说国际化进程是如此密切相关，因此当我写自己关于国际化进程的亲身见闻时，写着写着，就觉得是在写自己的一段自传似的。

1971年于卡拉塞依特

十年之后

人们让我为 1972 年由豪尔赫·埃拉尔德在巴塞罗那的阿那格拉马出版社出版的这本印数极少的书充实最新的材料(1972 年该书很应时),以便在适逢十周年之际再次出版。他们说大家都在找这本书,可是已经找不到了,因为书已经卖光了(它的英、日、波兰和意大利文的译本也已经卖光了),可是在大学和中学都需要这本书,因此——尽管出版社对这本书重新产生兴趣是在加夫列尔·加西亚·马尔克斯获得诺贝尔文学奖之前——再版大概是会有收益的吧。说实在话,在发生这件大事之前,对一种有生命力的、其后果仍在扩展的现象很难掌握最新的材料,很难盖棺论定。但是这位哥伦比亚作家获得诺贝尔文学奖,就像是给一个情节复杂且千头万绪的故事带来一个圆满的结局,西班牙国王向一个阿拉卡塔卡①普普通通的电报员的儿子祝贺这件事,毫无疑问带有一点下结论的味道,就像智利讲民间故事的老太太们所说的那样:"故事就这样讲完了,风把它吹跑了,从一只破鞋里穿过,这样,明天我好再给你讲个别的故事……"

---

① 阿拉卡塔卡,加西亚·马尔克斯的故乡,一个哥伦比亚小镇。

所有这一切——诺贝尔文学奖,中学和大学需要这本书,出书有利可图,很能说明近十年来那个曾经有争议、并且被诅咒的"文学爆炸"的际遇。即这个当初有争论的东西,现在被接受了;革命者被誉为圣徒;当时属于实验性的精雕细琢的东西现在被当作一种可被大多数人接受的语言,奉为经典,融进新一代读者和作家的血液之中……至少在一段时间之内会是这样。有几颗璀璨的明星将会渐渐冷却,消失在天宇的黑洞里。有那么一两颗明星已经明显地表现出这种征兆了。但是目前——就是我所谓的"经典"的时期,尽管有一些可恶的作家以不成功便成仁的态度进行微弱的抵抗,但是"文学爆炸"的作家所写的作品在各大洲的教育机构里被讲授。可以断定,只是在"文学爆炸"之后的今天,世界各地的大学里拉丁美洲文学专业才这样兴盛,而它们以前数量很少,默默无闻。现在这些作品继续给千百万读者带来欢乐,被列入各种纲领和讨论会议题中,它们改变了整整一代作家对世界的看法,成为博士论文的题目,被翻译成所有文字,成为专业性报刊文章涉及的对象,这些文章使报刊变得非常活跃,有的时装店取名为马孔多①。那些克罗诺皮奥和法玛已经成了街谈巷议的单词。对于一个不太熟悉阿根廷历史的外国人来说,拉瓦列既是一条大街,又是萨瓦托作品中的一个人物。整个庄园的人都知道女访问者是什么意思②。从 1960 年到 1970 年这十年间是拉丁美洲小说"文学爆炸"的高潮,也只有那时——既不靠前,也不靠后——才可以被确确实实地称为"文学爆炸"。它放射出来的

---

① 马孔多,加西亚·马尔克斯的小说《百年孤独》中写到的村庄,是整个小说的活动舞台。
② 在巴尔加斯·略萨的小说《潘达雷昂上尉与劳军女郎》一书中,女访问者指劳军的妓女。

光芒照出了自己的轮廓,照亮了一个用我们拉丁美洲多种多样的卡斯蒂利亚语描写出来的想象世界,帮助一些人和作品出名,如若没有这突然爆发的兴趣,他们不会这样名扬四海受到如此赞赏。总而言之一句话,现在"文学爆炸"已经有它可敬的白发了,它可以满意地慢慢品味着戴上桂冠的那种极大的胜利的愉快了!

很大一部分青年读者同意我谈到的小说具有经典性,但是有一些人很快就不服气了——就像当年我们对自己文学上的父辈一样。他们质疑他们的优点,对他们掌握的分寸和达到的质量提出质疑,一点点地剥蚀着——对一些原来我们认为最靠得住的名家已经开始这样了——一个铁板一块的时期。事情就应当是这样,有朝一日,今天这个达到鼎盛时期的文学将会不时兴了。我不无恐惧地读着《纽约书评》上的一篇文章,是斯蒂芬·斯宾德谈到斯蒂芬·茨威格的文章。茨威格在我们少年时代抚育了我们许多人,但他很快就被遗忘和拒绝了。现在发掘他长处的恰恰是斯蒂芬·斯宾德和约翰·福尔斯:一方面,这是很令人振奋的,但是也不由得令人感到文学上的声誉是多么难以保持长久。我们的"文学爆炸"经过这"经典"时期的荣誉之后,也会遭到遗忘吗?这不是不可能的,但也可能经历过最后的变形再复苏起来,最终变成为数不多的真正有价值的几部著作。这样我就可以看到这本书可能出现不同的再版版本,比方说,每十年一次,有不同的跋,依次记载各种死亡、降生和复苏。

我倒真的不信将来还会有什么人像以前的人那样再把"文学爆炸"当作一个没有区别的文字群体来谈论,把它作为行会,作为"黑手党",作为互相吹捧、互相帮忙的社会团体来谈论。实际上已经没有人那样做了。那个时刻已经过去了。时光把那些看来是主将的人物分散了,散到四面八方,把有一段时间被看成是同一个整体的作家一个个拆开来,根据他们继续走的道路的方向,他们的重要性大小,他们名望的盛衰,分别进行评价。

看来确实有三个特点使得读者在"文学爆炸"正红火的时候把很多如此不同的作家打成一个包裹,贴上一个标签。首先是最轰动的小说同期发表,对读者来说,真是具有排山倒海之势;第二,人们目睹了一种能被更多读者接受的文学形式——小说,怎样突然间取代了被视为拉丁美洲典型的声音——诗歌,因为据我看来,从来没有人打算把诗歌归到"文学爆炸"之中。

第三个理由,毫无疑问,最复杂同时也最有趣——虽然我认为自己对此最没有发言权,那就是"文学爆炸"的大部分作家在一开始的时候对菲德尔·卡斯特罗、对古巴革命都如此热烈而不可思议地拥护,在"美洲之家"的邀请之下,一次又一次地去访问古巴,他们充满激情,几乎一致地进入这种怪现象之中。据我看来,至少加西亚·马尔克斯和科塔萨尔是始终忠于这一事业的。我看到别人凑热闹地摇摇摆摆。总而言之,我们这一代的大部分小说家远不是无条件地支持古巴革命的,而"美洲之家"已经失去了它曾一时享有的文化上的名望。今天在古巴文学上真正享有盛名的人有卡夫雷拉·因方特、塞韦罗·萨尔图依、雷纳尔多·阿雷纳斯,所有这些人都很明显地持不同政见,并且流亡在外国。也许从来就是这些人,因为莱萨马·利马,你说他什么都行,他绝不是无条件拥护革命的人。从那个岛国的眼光来看,也许还有些别的大作家,但从外面来看则不然,从外部看,很少知道古巴内部正在发生什么问题。

然而,不久以前在《新闻周刊》上出了个新的封面故事——巴尔加斯·略萨在封皮上,要求当今的拉丁美洲小说应成为政治小说,这从一方面来看是一个片面的观点,虽然毫无疑问这一点很重要。阿图尔·伦德克维斯特是瑞典皇家学院的专家,靠着他的影响,决定了把诺贝尔文学奖授予我们这个语言地区,他常常受到猛烈攻击,说他利用自己的权威出于政治理由,拒绝把诺贝尔文学奖授给豪尔赫·路易斯·博尔赫斯。几乎所有的作家,包括加西亚·马尔克斯在内都意见一致,认为博尔赫斯应当是头一个得奖的人。伦德克维斯特认为这种指控无效。据说,他反对把诺贝尔文学奖授给博尔赫斯倒不是因为这位阿根廷人政治上反动,而是因为他认为博尔赫斯首先是一位诗人——当然,对此没有异议,更重要的是他近二十五年以来没有写过任何重要的作品。这一点倒是真的,但这仅仅意味着,二十五年以前他就应当受到关注了。另一方面要坚决肯定的不仅是博尔赫斯的散文有很高的价值,还有这不可否认的事实——他对当今全世界所有国家的当代散文的巨大影响。我倾向于相信伦德克维斯特之所以反对主要是出于政治原因,因为他与许多人的看法一样,认为欠发达国家的小说除了具备文学上的优点之外,应该是积极的,富有战斗精神或者至少代表这种立场。以纳丁·戈迪默为例,她是他支持的未来的诺贝尔文学奖获得者,她是南非反对种族隔离的政治积极分子,是一位了不起的女作家,但是也许她不是多丽丝·莱辛那种类型的,后者也是南非联邦人,但政治上没那么锋芒毕露,至少在这个领域上如此,或许在别的领域上她被折弯过一些重要的锋芒。而伦德克维斯特提议把诺贝尔文学奖授予纳丁·戈迪默,而不是授予多丽丝·莱辛;毫无疑问,伦德克维斯特常常是既看重作家在大众面前的人品,又看重他的文学价值。幸好他的投票在卡内蒂那一次没有占那么大的分量,卡内蒂是近年来无可争议的十全十美的诺贝尔文学奖得主之一。

总而言之,关于古巴-拉丁美洲作家的等式有两种轻重程度不同的解释。一种说法是拉丁美洲作家利用古巴革命来抬高自己的声望，而相反的说法则是古巴革命利用政治上极其天真的这些作家来为他们在全世界做宣传。可能第二种说法比较符合实际。或者两种说法都不是，而是另一种，只有那些接近权力的人才清楚。那是一些生活在昏暗迷宫里的人，在迷宫中，权势在增长，与外界没有联系，与一切所谓政治思想风马牛不相及，只是与强权联系在一起。的确，一部分由于政治分歧，一部分由于个人原因，拉丁美洲小说被称为"文学爆炸"历史时期的小说家之间渐渐有了距离，变得越来越不一样了，各自有了自己的特点、习惯和自由。谁都不记得在那遥远的过去，六十年代在巴塞罗那，大家都仰仗着大出版社和出版家，靠着真正有影响的文学奖的庇护，靠着一些加泰罗尼亚作家的友好情谊，还有那位卡门·巴尔塞尔斯女士。她那时还住在乌赫尔大街的一座朴素的房子里，当时她还没有戴现在已成为她标志的那块华丽面纱。那时候曾有过一段短暂的刚刚萌发的充满兄弟情谊的团结时刻——尽管从来没有一致过——可以很短暂地不全面地被称为"文学爆炸"。特别是西班牙的报刊为它庆贺，谴责它，颂扬它，为它进行争论，最重要的是，不管怎么说，自然而慷慨地为它定了名，虽然现在常常可以听到这种说法："这一切不过是商业和广告宣传的一种计谋。"

有一段时期——幸好这段时期早已过去——攻击"文学爆炸"成为时髦，说它是一种排外的无法接近的秘密的"黑手党"，想加入的人如果不接受最严格的入帮会仪式就无法进去。当然，这一切都不是真的。在许许多多的拉丁美洲作家代表大会中，我记得有一次是七十年代中期在哥伦比亚举行的，有一位赞同"文学爆炸"的文学评论家，好像是安赫尔·拉马，他提出了这样的见解：真正的"文学爆炸"只有四把固定的交椅,属于胡利奥·科塔萨尔、加夫列尔·加西亚·马尔克斯、马里奥·巴尔加斯·略萨和卡洛斯·富恩特斯。还有一把不固定的椅子,有时是埃内斯托·萨瓦托坐,有时是笔者我本人坐。但是,时过境迁,"我们当时的那些人,现在已经不一样了"。当然,有些当时占据重要位置的人,或是由于他们长时间沉默,或是由于他们的新作不如那时的杰出,或是由于现在的评论界有了新的要求而更喜欢别的作家,他们对于一部分读者来说,已经渐渐失去了光彩。这个一时间曾是如此有聚合力的文学世界渐渐离散,每个人天各一方忙着自己的事情,不少人以自己的方式与当局接近。除卡洛斯·富恩特斯以外,大家都不爱写信。不论是从报刊上和私人信件中都得不到一点消息。于是,"文学爆炸"和它那圈子里的人,没有留下什么个人见闻的文字,因为他们旅行太多,打电话太多,不像布鲁姆斯伯里①,它的全部生活、社会关系、友谊和爱情,通过一些形成文字的日记、书信和回忆录,几乎可以一步一步地重建起来。在"文学爆炸"中,那些心灵的风之变幻也许将是个永久的秘密,他们中没有一个像昆廷·贝尔那样的人,因为对靠富于启示的琐事汲取营养的学者们来说,文件这东西总是显得太贫乏了。大概会有很多人问:这些琐事有什么重要? 难道会比流言蜚语的作用更大一些吗? 我说用处大多了。一件艺术品的形成——在我谈到的小说中,不止一本是这样的——是神秘的,它的根不可避免地是从比创作者本人知道的要隐蔽得多、深得多的土地中汲取营养的:每日的生活、家庭关系、一个时期的社会环境、餐厅里吃的一顿饭、乘小汽车出游,

---

① 布鲁姆斯伯里,指由 1907 年至 1930 年间经常在伦敦近郊布鲁姆斯伯里地区聚会的一些英国作家、艺术家和其他知名之士逐渐形成的团体,成员包括福斯特、吴尔夫等。

可能比政治立场、思想和公开形象更重要得多,而作家本人并不知道。我真希望其中的某些东西不要消失,让为那么多小说提供养分、使它们从中生长出来的一部分腐殖土保留下来。

有必要申明一点,用今天的眼光来看,对于"文学爆炸"的作家们和他们在本国以外的地方再现自己那土生土长的世界的做法,我虽然用了"流亡"这个词,但他们并非常言所说的流亡者,他们的文学也并非流亡文学。只是从七十年代起,当流亡成为主要的政治行为,当作者不能回到自己的国家时,才可以说有了一种在流亡中创作的表现流亡的文学,形成了一种充满更多愤怒、更多行动、更多痛苦的以流亡为题材的文学。

另一方面,谁也不再住在巴塞罗那了,有人也许带点伤感地去拜会判若两人的卡门·巴尔塞尔斯,光顾她那位于对角线大道的有凡尔赛式设施的家。我们这些旅行比较少的人则用电传、信件和电报与这位夫人保持联系。在签一份条件优厚的、友善的合同之前进行激烈的讨价还价,比起当初我们常去一家餐厅里,面对摆着的一盘加蒜的田鸡高声叫嚷,像智利人所说的那样"大大发泄一通",当然没那么过瘾了。不,我们和那时候不一样了,因为我们大家都至少老了十岁十五岁,特别是因为从今天的眼光来看,安赫尔·拉马的那个小小的名单上,已经有了当初就应该列入的作家的名字,他们是卡夫雷拉·因方特、罗亚·巴斯托斯、曼努埃尔·普伊格、马里奥·贝内德蒂、塞韦罗·萨尔图依,他们的形象,如奥古斯托·蒙特罗索的一样,随着时间的推移在不断立体。

但是,还有一个更强有力的理由可以说"我们当时的那些人,现在已经不一样了",因为来了新一辈年轻得多的人,他们渐渐与老一辈人掺和在一起,在"文学爆炸"之后大放光华。他们很少有人住在巴塞罗那,有智利的毛里西奥·瓦克盖兹、埃尔南·巴尔德斯,哥伦比亚的拉斐尔·温贝托·莫雷诺-杜兰和奥斯卡·科利亚索斯,阿根廷的阿尔韦托·库斯特和他的妻子苏珊娜·康斯坦特。一些阿根廷出版商在出版界获得了战略性的地位,比如马里奥·穆奇尼克、帕科·波鲁瓦和圣地亚哥·罗德里戈。但是,巴塞罗那,尽管有那些出版社,却已经不再是西班牙以及使用西班牙语的世界的文学生活中心了。如今在马德里,图书出版已十全十美,那儿的国内、国际影响大得多。此外,更强大的出版社派出越来越多的分公司进驻我们美洲大陆。在拉丁美洲小说的领域里,出现了上百个新人:非常杰出的古巴人雷纳尔多·阿雷纳斯(《迷幻的世界》),不久以前到美国普林斯顿生活。传言总是排外而为少数精英的阿根廷文学机构拒绝承认豪尔赫·阿西斯(《从基尔梅斯花园偷采的花朵》)的文学品质,但是我觉得他是一个在语言上有非凡想象力的人,是素质极好的作家,与伯多的关系比与佛罗里达①的关系更密切……但是在布宜诺斯艾利斯,还是由佛罗里达的传人如西班牙人说的那样来"切鳕鱼②"。智利有伊莎贝尔·阿连德。在秘鲁,应当提到胡利奥·拉蒙·里韦依罗和阿尔弗雷多·布莱斯·埃切尼克。在哥伦比亚有古斯塔沃·阿尔瓦雷斯·加德亚萨瓦尔。在整个加勒比,可以看到波多黎各的路易斯·拉斐尔·桑切斯的《男子汉卡马乔的瓜拉恰舞》空前的成就所引起的震动。在墨西哥,皮托尔、埃利松多和何塞·阿古斯丁仍然是人们谈论的话题。还有费尔南多·德尔帕索,他是《墨西哥的帕利努洛》的作者。我认为这些作家中没有一个是真正年轻的,所有

---

① 伯多与佛罗里达是二十世纪二十年代布宜诺斯艾利斯的两大先锋派文学社团。
② "切鳕鱼",西班牙俗语,意为"居支配地位"。

人即使没有满四十岁也满三十岁了。只是在"文学爆炸"失去聚合力,其中的几颗明星开始熄灭以后,他们看着好像年轻,好像"文学爆炸"不再投下阴影,在烟幕散尽之后,原来被遮蔽的作家被重新考察、重新评价,获得了新的生命。但是桑切斯、阿西斯、阿雷纳斯实际上至少是相对年轻一些。随着一些最老的人倒下,他们逐渐补充进队伍里来了。

而以前的人也变了,有些人变得很多,有些人变得少些。他们已经不住在以前的城市和房子里了,有很多人连配偶也换了。孩子们也长大了。特别是出版的书单大大加长了。最少勾起我怀旧情绪的,不管好歹大概变化得最小的是胡利奥·科塔萨尔。也许只有我这么认为,因为他是所有人中我接触得最少的一个。的确,他对古巴事业毫不批判的拥护与表现在他伟大的小说《跳房子》中的睿智看来是格格不入的。他渐渐在当今的青年中失宠,对我们这些向他和向他最早的精湛短篇小说喝彩的人来说,这是一件奇怪的事情。现在科塔萨尔住在巴黎,据我所知,他还在为联合国教科文组织工作。真见鬼,他还是那副年轻的样子,据嚼舌头的人说,这是因为他与那个"最大的魔鬼"菲德尔·卡斯特罗签了契约的缘故。他因严肃的理由为表达团结的信件签名,并且有胆量入了法国国籍,这便为他招来了最沙文主义、最不开眼的海港人对他的大肆谴责。

现在加西亚·马尔克斯的生活完全公开化了,尽管这样有许多不好的地方,但是看来他很高兴,因为早在获得诺贝尔文学奖之前他就追求这种局面了:殉道者式的拘禁,充满激情而引人注目的政治宣言。有人说他要当哥伦比亚的总统。最近我去了这个国家之后,对此已毫不怀疑,获得诺贝尔文学奖之后,在任何选举中他都不会失败。对加西亚·马尔克斯来说,最难的是继续写作的任务。不管他日后出的书有多么好,谁都会说:"啊!但是没法跟《百年孤独》相比。"再达到这种程度的宏伟壮丽肯定会是一件极其困难的事情,会使他感到乏味,当然,也会使他感到害怕。三年前在一个苏联的电影节上我看到了他和梅塞德斯。加西亚·马尔克斯是那次国际性集会的文学大偶像。使他得到好感的除了他很高的文学素养以外,还有他政治上的忠诚。但是他的举止缺少点幽默——也就是说,应该具有一点讽刺感,不要把自己与他那些必不可少的伪装混淆起来——这使得我与他有些疏远。我感到我昔日对他的爱有点受到损伤,所以我才为他画下了这幅不怎么宽宏大量的肖像。但是我不能不怀念巴塞罗那的那个加博,下午四点钟他就放下他家的窗帘:"因为现在喝威士忌还早点儿,我喜欢天黑的时候开始喝。"同时听着贝拉·巴尔托克的曲子——巴尔托克崇拜他们国家民间的东西和英雄科苏特,加西亚·马尔克斯崇拜他故土的民间传统和菲德尔·卡斯特罗,在这两种崇拜之间有什么类似之处吗?与此同时,他操纵着高保真的奇妙音响设备,照料着他的唱片和他那像极了精美玩具的录音机。他炫耀自己从来没有念过什么书,因为自己既不是文学家,又不是知识分子,虽然他能摘引福克纳作品的某章某节。

而卡洛斯·富恩特斯呢?他是我在这一群朋友中最老的一个,有一段时间他是我最好的朋友,他最不完善,最复杂,最有雄心,最聪明,最杰出,最不和谐,他是最富于激情的演说家——是我听到过的最富于激情的演说家之一,他最有想象力,最不安分,最变化不定,不论在哪次谈话他都会脱口而出讲出最多的谚语,他最冷静,最老谋深算,又最不机灵。卡洛斯的道路最令人惊异,他的书一本接一本地出,多种多样,从《我们的土地》《长吻海蛇的头》

到《一个遥远的家庭》,也许是最不墨守成规的了,但不如他年轻时候的那些引人入胜的书那么新颖,那样充满激情。他曾经在巴黎担任墨西哥驻法国巴黎大使,他以只有他才具备的独特能力,从容不迫而出色地完成了这个使命。人们谈论他可能获诺贝尔文学奖,这是很自然的,人们也在议论他如果不当外交部部长,也会当墨西哥总统。毫无疑问,成为墨西哥马尔罗的梦曾经诱惑过他,或者他在纽约文学界的地位曾令他着迷——凡是稍微有点敏感的人谁不会和他一样呢?

有些人把文学完全看成是道德的组成部分,权力也是道德的组成部分,对于他们,卡洛斯·富恩特斯是个"官方人物"——这种观点在拉丁美洲文学中并不新鲜,作家护民官是我们的一个古老传统。我这里谈到的五个人——科塔萨尔、富恩特斯、加西亚·马尔克斯、巴尔加斯·略萨和萨瓦托,只有科塔萨尔没这个权欲,大部分人到了这个年纪,可以有权时就会觉得非用用这个权不可,非得变成拉丁美洲的政坛人物不可。因为,怎样说巴尔加斯·略萨才好呢?他已经成为一个大众文化的象征了,但并非名满天下,而在文坛这是可能实现的。自打他二十六岁以第一部小说《城市与狗》获得简明丛书奖顺利跨入文学界以来,他就是各种奖金和荣誉的普遍候选人。他享有很高的社会地位是由于他一本接一本的小说总是很精彩,他对工作有铁一般的纪律性,他还有坚持不妥协的民主政治立场,这样,当他对某种思想意识失望时就说出来,并且抛弃这种思想意识。哪怕你送给他黄金和宝马他都不肯隐瞒。他在秘鲁以及整个讲西班牙语的世界有点像神,不曾给过别人的政治权力雨点似的落在他的头上,如果说他是个大众文化象征的话,也是他不得已的,虽然我希望他能从中得到快乐。在这一群人中间,他是最执着的小说家了,他执着于写作，其他一切都是次要的，从多种意义上来看，也许他是最可敬的。他了解自己的才能，他没有浪费这种才能，而是把才能集中在一部巨著之上——他完成了《世界末日之战》的巨大工程，人们可能喜欢，也可能不喜欢。我也许不像喜欢他的其他小说那样喜欢这本书，但是，这意味着一种文学立场，一种坚定性，是他对自己能力的训练，为了获得一种成果，首先是文学的成果，而不是为了达到别的目的的阶梯。他是最慷慨的人，同时又是最年轻的一个，在那奇特的最早的有损于他的苗头——他接受，或更确切地说，他自己去寻找过多的荣誉——出现之前，他还有时间。

埃内斯托·萨瓦托则不同，好像他还在自己一直待着的老地方——布宜诺斯艾利斯省的桑托斯卢加雷斯。在所有人中间，他是唯一不旅行、唯一不像这群人那样在国外写自己大部头小说的，好像是在弥合将其他人隔绝的时空。"我不能到卡拉塞依特去看你，"几年前，当阿根廷政治斗争最激烈的时候，他从巴塞罗那给我打电话时这样说，"我没有时间。我现在马上就要回布宜诺斯艾利斯，那里需要我。你知道，我在那里代表着举足轻重的立场。"确实，萨瓦托在布宜诺斯艾利斯一向代表着一种与独裁做斗争的可敬立场。我有时会突然收到他的一封短简，很有特色地写在一张小小纸上，是的，我毫不怀疑埃内斯托很有代表性。实际情况是，由于他代表着那么重要的思想，所以在萨瓦托那已经相当长的文学生涯中，一本小说与另一本小说的间隔长得像光年一样。他出过为数不多的几本小说：《隧道》《英雄与坟墓》《灭绝人性的阿巴东》，除此之外再也没有了。他有很多事情要做，要想，要代表，不甘于只当一名作家。

而其他人呢？自从十年前我在《"文学爆炸"亲历记》中谈到他

们以来,发生了多少变化和演变啊!要详细说将会十分困难,篇幅也会太长。实际上这本书应当是后一代的某个人来写。但是,我要说,他们主要是继续分散、继续个性化,把"文学爆炸"甩到后头。许多人搬了家,换了妻子,他们的儿女长大了,出书也多了,各种语言的博士论文也多了。他们走到全世界的大街上都有人认出他们,请他们签名。我认为大家都希望写出有价值的东西,超过诗歌所达到的水平,正如里尔克所说:"是过去在我们的心中回黄转绿,发出新芽。"我想,大家都不希望发生那种我和一些人都认为很荒谬的斯蒂芬·茨威格的情况,即跌落到遗忘的地狱里然后再复苏。应当开始为衰老做准备,应该在变成公园里只有鸽子光顾的被人遗忘的半身像之前,进入语言文字的历史。"当它延续时,曾是多么美好。"我相信这是科尔·波特的话。有几个人,特别是那几个曾经到达过精妙顶点的小说家,他们觉得在自己的身体里和精神里仍然有使不尽的活力、意外的发现和写作的激情,他们不是为了显示什么,而是为了弄清楚一个人为什么而写作,写作似乎仍然是生命的源泉,是某种最根本的、物质的、神秘的、哲学的东西,是细胞和神经细胞的正确功能,能产生那种一般被人们视为精神的东西:生态的链条不排除各种各样的异端邪说,因为人们懂得了在动物王国中,异端最终是不存在的,它们只会促使头脑更加清醒。正是许多作家巨大的主观不对称现象创造出了一个马加,一个阿莱杭德拉,一个奥雷利亚诺·布恩迪亚,一个毕丘拉·圭利亚尔,一个印加王西恩富戈斯①。我仍然非常热烈地欣赏这些创造。后来创造的人物中使我如此迷醉的屈指可数。于是,那些认为我们不再像以前一样了的人的眼光就转向了年轻人。

---

① 以上均为拉丁美洲小说中的重要人物。

我们询问自己,他们中间的哪几位将在拉丁美洲小说的火线上打头阵?或者,就像常常发生的那样,在辉煌灿烂的几代过后,将会有一个枯竭时期的到来?看来不像。如果把赌注押在阿雷纳斯、瓦克盖兹、阿西斯、桑切斯、斯卡尔梅达、伊莎贝尔·阿连德或者索里亚诺身上,可能会搞错。但是,如果没有他们,就会有另外一些人,因为我觉得精彩的拉丁美洲小说如今已经牢牢地在全世界站住了脚。

"文学爆炸"的家长里短

玛丽亚·比拉尔·塞拉诺

快到圣诞节时,卡拉塞依特的天气已经很冷了,这是西班牙下阿拉贡的一个小村,我的丈夫贝贝①、比拉尔西达②——我们的女儿、我们的狗"朝拜者"、我,还有三只在那儿捡来的猫,我们在这个小村里住了好多年。1971年,"谢尔索"(那个地区的寒冷北风)刮得特别凶。村里人习惯在他们非常古老的石头房子里过冬。他们能忍受那北风,并不多说些什么,人们正在准备庆祝岁末的节日。

在卡拉塞依特,如同在全西班牙一样,冬天的家庭生活围绕着一张底下安着火盆的桌子进行。这是一张圆桌,桌下离地面几厘米距离,贴着桌子腿,有个像托盘似的圆木板,当中有一个大洞,那上面安放着火盆,里面燃着木炭,那就是房间里主要的热源。一般来说,一盏从房顶吊下来的灯为一家人照明,西班牙冬天最典型的情景是妻子守着缝纫的小筐,丈夫看着报纸,孩子们在圆桌上做作业,大家围

---

① 贝贝,这里是对何塞·多诺索的昵称。
② 比拉尔西达,比拉尔的昵称,女儿常与母亲叫同一名字。

拢着圆桌烤火,厚厚的桌布不仅盖着桌子,而且也盖着全家人的腿,还遮住了火盆。

这个国家最大的节日是1月6日的东方三王节,是孩子们的节日,是送礼的节日。这个节日在卡拉塞依特特别激动人心:父母为自己的孩子购买礼物,或是在本地的商店,或是跑到更大的村镇或城市去买,比如,到巴塞罗那、萨拉戈萨,更多的是在邻近的阿尔卡尼兹购买。然后,把这些礼物写上收件人的姓名,交给负责组织节日活动的人。在节日到来两天以前,从大一些的、已经十二三岁、不再相信什么东方三王的孩子们中选出来几个人,身穿侍从的衣服,跑遍全村,预告梅尔乔、加斯帕尔和巴尔塔萨尔将满载着送给孩子们的礼物到来(按规矩,给坏孩子的只有一根木炭,要让他一年之中都被画上黑道道)。还预告几点钟到,在什么地方——总是在村中心的广场,在那里分发礼物。

1月5日到了,那是主显节前夕,到了下午,广场挤得满满的,好像再也盛不下更多的小孩子了,由于寒冷,由于激动,他们的脸红通通的。忽然一声叫喊:"从那儿来了!"引起一阵快乐的呼唤。车队朝前驶来:三台拖拉机,每一台都由一位东方之王驾驶着,拉着斗车,斗车里装满了礼物和好吃的东西,停在戏台前。牧师先生向这些尊贵的客人表示欢迎,客人们登上铺着红天鹅绒的描金木制王座,侍童们选着一包一包的礼物,把礼物递给东方三王,同时通过扩音器宣布接受礼物的人的名字。孩子们非常高兴,同时也有点受惊,登上台子去领礼品,并且感谢慷慨的东方三王。孩子们认不出那些自告奋勇来演这场喜剧的是些亲戚朋友。他们的想象力允许这些经过非常拙劣化装的脸代表着真正有魔力的东方三王。

12月24日,圣诞节前夕,在卡拉塞依特与在全西班牙一样,只是家庭聚餐的节日,要吃火鸡。要是在马德里,就会有从海岸运来的时令海鲷。在卡拉塞依特,与其说是接近卡斯蒂利亚的传统,还不如说更接近加泰罗尼亚传统,吃"西印度鸡"(实际是火鸡,里面填满李子干)和加泰罗尼亚式的柱形肉桂糖果。像在全西班牙一样,饭后甜点是各种味道的果仁糖。在卡拉塞依特,吃过家庭晚餐以后,人们听圣诞节零时弥撒,待到仪式结束后,成群的姑娘、小伙子唱着圣诞颂歌跑遍村里冰冷的大街小巷。

有一年,与贝贝属于同一辈的智利作家恩里克·拉弗尔卡德与他的妻子——记者马塞拉·戈多伊来和我们一起过圣诞节。这里的这个节日,从物质上到感情上与我们祖国智利是如此不同:在那边正值盛夏,人们庆祝节日,喝着烈性的猴尾酒,松树上披挂着棉花做的"雪"。圣诞老人变成了撒克逊传统的圣诞老人了。那些被雇来装成圣诞老人的可怜的人,走在圣地亚哥的大街上,穿着抵御着来自遥远北方的寒冷的厚衣服,在当地夏季的酷热中流汗。幸好恩里克和马塞拉非常明智地进入了这个如此寒冷的圣诞节的精神之中,他们从这个"异国情调"的节日中,从它的礼仪中,从它的歌声中,特别是从它那传统的美食中得到享受。恩里克如今成为智利最著名的美食家了。

在卡拉塞依特很讲究传统。几百年来富人们丝毫没有被触动,或者只是有一点点微小的变化。家家户户制作"帕斯塔斯"——一种干的糕点,年复一年,每逢各种节日都做:用来纪念圣者或庆祝婚礼,在八月为村中守护神过节时用,用来欢迎女王的朋友或贵妇们,甚至这同样的糕点,在举行葬礼时,用来招待逝者的亲戚和随行人员,每一家的糕点几乎没什么不同。费尔南多·莫伊斯是在村口加油站工作的俊小伙子,他知道,新广场附近他姑母的石屋门廊上端悬挂着的绘有一只直立的猫的族徽是属于他祖先的("莫伊斯"在巴利阿里群岛方言和加泰罗尼亚语中有猫的意思),从 1200 年起,他祖先的名字就记载在本村的编年史上。这些阿拉贡的贵胄当时在类似的场合吃的可能就是类似的糕点。

我们的女儿比拉尔西达很高兴,因为我们想留在卡拉塞依特过节。头一年她玩得好开心。可是我们,贝贝和我,都一直觉得在"我们的"村子里,我们是外国人。加瓦①——加夫列尔·加西亚·马尔克斯的妻子梅塞德斯·巴尔恰(她的这个姓源自埃及的科普特族)的一个电话使我们喜出望外。他们邀请我们到巴塞罗那去,和他们,还有巴尔加斯·略萨以及其他朋友一起,就像我们在美洲时那样庆祝圣诞节和新年。然后我们可以回到村子里来看东方三王,这样就不会剥夺比拉尔西达过西班牙式节日的机会,从那时候起她就享受两次庆祝活动:智利式的圣诞节和西班牙式的东方三王节。

我没有节日穿的衣服。这年冬天不但天气非常寒冷,而且我们很穷。我记得加博,就是加夫列尔·加西亚·马尔克斯总说:"所有的出版商都阔,所有的作家都穷。"一天下午,当我从卡拉塞依特的理发店回来时,我对这句话特别有亲身体验。出版商小古斯塔沃·希利和他父亲是祖上传下来的大出版社的主人(他已经是那个出版世家的古斯塔沃·希利三世了),在他们位于村子里的度周末的房子前面,他卸下豪华的黑热牌散热器,而与此同时,我回到作家何塞·多诺索的家里,想用迷迭香当柴火取暖,它能发出好闻的香味,但是对我们那座有石墙的古老房屋却不怎么管用。

---

① "加瓦"(Gaba),"加博"(Gabo)的阴性形式,加西亚·马尔克斯的绰号是"加博",所以他的妻子叫"加瓦"。

贝贝那时正在写他的《三个资产阶级的中篇小说》,这多亏了一对慷慨的美国朋友,当夫妇俩知道贝贝要放弃写书而到美国的一所大学去任教时(买房子及装备房屋,还有日常生活,用光了西班牙出版社为《污秽的夜鸟》预付的稿酬以及最早的几个版本的版税),他们就一定要借给我们钱,哪怕只是为了在村子里维持最起码的生活所必需的钱。于是,《三个资产阶级的中篇小说》就在每个月靠250美元过日子的一年时间里写出来了,何况天气还那么冷。这本书是怀着感激和爱献给吉恩·拉斯金和弗朗西斯卡·拉斯金夫妇的。

没有,我没有任何漂亮的衣服可穿。尽管这样我还是在找。有了,在一个箱子里找到了一件很花哨、带金属小片的绿色连衣裙,但是有点过时了。这是村里的裁缝按照《你好》——在当地妇女眼中代表着矫揉造作和妖媚的杂志——上的一个时髦图样做的,非常精致。

卡拉塞依特是离加泰罗尼亚边境最近的第一个阿拉贡村子,离美丽的伯爵城巴塞罗那二百公里。我们的加泰罗尼亚朋友们说:欧洲就到阿尔加斯河为止,这是加泰罗尼亚地区的南部界河,离我们在特鲁埃尔①的家五公里,说从那儿再往前就是非洲了……

有一部分路是很美的,特别是穿过橄榄园、柏树林、杏林和葡萄园的时候,很有托斯卡纳风格,但是更显粗犷和崎岖不平。这段路程充满了痛苦的回忆,有很多路标写明了如西班牙人所说的"我们的战争"(即内战)各个战役的地点——臭名昭著的埃布罗河前线。("埃布罗部队/一天渡过了河/给侵略军好一顿教训/当人心所背时/子弹也没有用场/龙巴拉,龙巴巴。"当时共和国派的一支歌这样

---

① 特鲁埃尔,西班牙阿拉贡的一个省。

唱道。)我们穿过了甘德萨,那里简直就像一个城市;还有莫拉,这个被埃布罗河分割为新城和旧城的地方曾经历过最残酷的战役;还有在科尔贝拉和甘德萨之间的"指挥桥"。就在那里佛朗哥指挥了把巴塞罗那一分为二的大规模战役,就是那次战役加速了叛军的最后胜利。就在那老元首去世后没几天,我们再次从那里经过,看到那些纪念碑被完全破坏了,标志牌被抛到地上,沾满了尘土,变得模糊不清。新的民主政权想忘记如此漫长的独裁岁月,许多人也想忘掉对那痛苦失败的记忆。

"我们的战争"对西班牙人来说仍然活着,仍然有效。在卡拉塞依特,从战争中幸存下来的老人们下午聚集在一起回忆过去,评论着乡村生活的新闻。他们总穿着黑色灯芯绒衣服(叫科特莱),头上戴着贝雷帽,或是一种典型的阿拉贡头巾"卡契卢洛"。老人们坐在巴尔萨广场,冬天的下午被阳光照射,夏天则有遮阴的树。共和派总待在一端,佛朗哥派待在另一端。

比拉尔西达在学校里学到一种对战争的新说法,把西班牙内战和美国西部牛仔电影掺和在一起了。

"那儿曾发生过什么事?"在穿过"指挥桥"的时候我问她。

"有过一场大战役,"她回答我,对于自己知识渊博挺得意,"红皮肤的印第安人从下往上攻,白皮肤的印第安人在上面防守……"

我们的女儿比拉尔当时还很小,才四岁。进入巴塞罗那市时她突然指着正在建造的一幢大楼说:"瞧,那儿正修一座城堡呢!"那个庞然大物对她来说不会意味着别的,她只记得有一座建筑物可以用来与这幢这么大的房子相比,那就是巴尔德罗夫雷斯的圣殿骑士团的古老城堡,离卡拉塞依特三十五公里远,我们常带她去玩,她和她的女朋友们去那儿野餐。

城堡坐落在一个不太高的山岗上。在圣殿骑士团的年代就有无数房舍紧挨在城堡边。城堡已经完全毁坏了。田野、树林、灌木丛、绿油油的草场、荨麻和黑莓长得到处都是,连最高的那一层都长上去了。在那破损的大厅里,可以看到两座壁炉分设在房间的两端,这成了我家起居室的壁炉样板,但相比之下,我们的壁炉就太小了。整个城堡叫人想起比拉内西的画,并且让人认真地怀疑修复它是否合适。几米开外有一座哥特式教堂,它那美丽的圆形花窗没留下几块彩色玻璃,下午有太阳时闪闪发光。教堂已经修复,人们又在这里举行宗教仪式。幸好大门和上面的雕刻几乎没遭破坏。

"从省里来的第一批客人到了!"圣诞节前两天,加博见我们到他家时喊道。就像乡下的好亲戚似的,我们也带着好些特产去了:两瓶当年产的葡萄酒、杏仁、一瓶村里加工的极纯净的精炼油,还有一口袋橄榄。在卡拉塞依特,人们用一个拉丁语词来说橄榄,那是从阿拉伯语"萨依杜那"演变来的。

加西亚·马尔克斯夫妇对我们说,第一批从巴黎来的人已经到了,是胡利奥·科塔萨尔和他的妻子,一位个子高高、头发金黄的立陶宛人乌格内·卡尔维利斯,她是伽利玛出版社的审稿人兼该出版社西班牙文部主任。卡洛斯·富恩特斯是一个人来的,他宣告他的伴侣第二天就到。我、加瓦和马里奥·巴尔加斯·略萨的妻子帕特里西亚·略萨一起做了种种猜测,看会是哪位夫人跑来与卡洛斯会合。他是我们这群人中间公认的堂璜。我们毫不怀疑,不论是法国人还是墨西哥人,他的伴侣准会令人吃惊。结果是丽塔·马塞多,他那个时候的妻子、墨西哥女演员。我们了解卡洛斯的三心二意,对这倒是没有想到。此外,好几天以前古巴诗人卡洛斯·弗朗基就已经在这里了,他是从罗马来的。

那天晚上我们在一家典型的加泰罗尼亚餐厅一起吃晚饭,庆祝我们的团聚。餐厅叫拉封德尔斯奥塞叶茨("小鸟之泉"的意思)。加泰罗尼亚的烹饪味道很好,但花样不多,有红花菜豆加灌肠、浓汁肉汤、鲜美的腌鳕鱼沙拉,还有各种肉:牛肉、猪肉、鸡肉,特别是烤兔肉,配上本地区非常偏爱的大蒜蛋黄酱,饭后甜点是加一层蜜糖的牛奶鸡蛋甜冻。由于要与我过大的体重坚持不懈地斗争,我吃得非常少。

那里每个座位前放着一张小纸条,放在印好的菜单旁边,是为点菜用的,还有一支铅笔,很恰当地与刀叉放在一道,可以记下每道菜需要的分量。然后把纸条交给大厨,让他在厨房里做出菜来。

我们在餐桌上谈得非常热烈,甚至都忘了吃饭。那时候菲德尔·卡斯特罗政府与知识分子的关系非常紧张,这是由"帕迪利亚事件"引起的,他是被政府迫害的诗人,所以我们有许多事情要说,要议论,要谈古巴,谈许多地方,谈大西洋此岸与彼岸的事情,谁也想不起来记下我们想吃什么菜。

大厨等烦了,跑去找餐厅老板,这位老板和他的加泰罗尼亚餐厅一样典型:高高的个子,金黄头发,冷冰冰的又很有礼貌。他果断地走到桌子跟前,先是仔细地看看用餐的人。在那目光的压力下,人们带着歉意沉默下来,利用这片刻沉默,老板一本正经地炫耀着加泰罗尼亚人特有的幽默感,问道:"你们中间谁会写字?"……胡利奥·科塔萨尔、卡洛斯·富恩特斯、加夫列尔·加西亚·马尔克斯、马里奥·巴尔加斯·略萨、卡洛斯·弗朗基和何塞·多诺索不知所措地面面相觑,犹犹豫豫,又觉得挺有趣,便更加沉默了。

加瓦出来打圆场。她很明智,不仅热情而且讨人喜欢,优雅而风趣。正如这群人的文学之母、他们的文学代理人卡门·巴尔塞尔斯所说:"怎么说加瓦都行,但总是从十全十美这个基础出发。"

"我,我会写……"梅塞德斯说,然后拿起菜单念着,记下点的菜,再把记好的单子交给餐馆老板,他看着我们,松了口气,但并不感到好奇。

外面下着雪。回到家里之前,胡利奥·科塔萨尔和乌格内在街上打打闹闹,互相往脸上扔雪球。房子里气氛温和,充满热烈的兄弟情谊。卡洛斯·弗朗基和马里奥·巴尔加斯·略萨在争论着什么,别人插不进嘴去,但是都注意地听着,好像是守规矩的观众。巴尔加斯·略萨实用主义地为统治他们国家的左派军人的行为辩护,卡洛斯·弗朗基虽然被迫离开古巴,但他提出一种理想主义的立场,并且为这种立场辩护,就像是一位当代的热带基督。在心底里他们是一致的,辩论只是为了加深不仅是他们俩,而且是整个这群人思想上的一致性。但我现在想,从许多年后的角度来看,或许并非如此,我觉得时间证明了当时就存在着的分歧的种子,最后造成,如果说不上是友谊的破裂的话,至少也是友谊的冷淡,把至少在那一夜看上去是那么团结的一群人分开。

几天以后,节过完了,回村以前,我又到了"小鸟之泉",是和一位智利女朋友玛丽亚·伊内斯·巴拉斯一起去的。她是小说家、出版家何塞·曼努埃尔·贝尔加拉的妻子。老板认出我来了,他过来问候我,我告诉老板,他曾向什么人提问是否会写字。他很不好意思,但是感到很骄傲,叫我拼读他们的姓名,他一一记下这些作家的巴斯克语和卡斯蒂利亚语的姓和名。他面红耳赤地承认,虽然自己不爱读书,但熟知这些人的名字,不过不认得他们的面孔。那时在西班牙正值"文学爆炸"的高潮,几乎无法避免读到有关的东西。

还有一个很好的例子令人感动,那就是我和圣地亚哥·德克塞乌斯大夫的那件事。他是巴塞罗那最有名的大夫之一,我听从房东太太的忠告去找过他。从马略卡来的时候我生病了,我在拉斯帕尔马斯的大夫对我说应该动手术,我觉得自己很虚弱。贝贝刚来,在美国做了一个很严重的胃溃疡手术之后人很瘦,很衰老。比拉尔西达是个一岁半的小娃娃,很需要人照料。就是在这种可怜巴巴的状况下,我们来到巴塞罗那巴利维德莱拉山岗上的家里,那里有我亲爱的婆婆蒂蒂等着我们,由她来专心照料贝贝和女孩。我打电话给加瓦,请她陪我去这位巴塞罗那大夫的诊所。大夫肯定了马略卡的大夫的诊断,我们约好了手术日期。在此之前,我要到诊所的管理处去办一些手续,一位女秘书问我,是要做一个"一等的"还是"二等的"手术……我觉得这个问题很奇怪,难道一等的手术刀要锋利一些吗?"不,夫人,"女秘书一本正经地对我说,"只是房间不同,一等的病房当然要高级一些。"鉴于我们的情况,我要了个二等的。

"不用多说,要一等的。"圣地亚哥·德克塞乌斯知道以后说。他为我订了一个最好的房间,朝向花园,正当春天,开着黄花的树枝探进窗户,好闻的花香沁入房间。这笔账由他来付。不仅如此,我住院八天期间所需的药品都由他赠送给我。圣地亚哥读过贝贝的《加冕礼》,还念过当时正走红的《百年孤独》,我到诊所去时的女伴就代表着这本书,这两本书创造了奇迹。

人们阅读着、称赞着拉丁美洲作家的作品,但是也有人攻击他们,许多人把他们归纳为"南美人"。他们不知道,比方说蒂托·蒙特罗索所属的危地马拉是在中美洲,卡洛斯·富恩特斯所属的墨西哥是在北美洲。一些作家甚至把西班牙也包括到这个范畴里来了,或更确切地说,把卡斯蒂利亚也包括在内。比如说,巴尔塔萨·波塞尔是个加泰罗尼亚主义者,他用加泰罗尼亚语写作,尽管他的报刊文章要用卡斯蒂利亚语写,否则,在他那个时代就会没有地方发表。(不久以后出现了一份日报《阿乌依》,是用加泰罗尼亚文出版的,也许还会有几种杂志,当然不会是最重要的,发行量也不会太大。)波塞尔指出,卡斯蒂利亚语是一种殖民主义的语言,卡斯蒂利亚文化对他来说,就像土耳其文化或芬兰文化一样,使他感到陌生。因此,有许多作家、评论家和读者是拉丁美洲作家的对头,后者的巅峰和普及使他们不高兴。我记得时值贝贝的《污秽的夜鸟》问世的广告宣传高潮,有一个爱国者,或是一个爱国狂,在位于市中心书店橱窗的广告牌上写道:"西班牙人,不必丧气,我们终将胜利。"就好像这是一场足球赛,或是一场直布罗陀扛巨石比赛似的。

是的,人们知道他们,念他们的书,把他们混淆起来。加西亚·马尔克斯特别害怕坐飞机。有一次他没法乘别的交通工具,只好坐飞机,一上去就立刻跌坐在座位上。突然他旁边的人对他说:"坐在您身旁真是荣幸。您是美洲最了不起的作家,请允许我邀请您喝一杯威士忌!"加博感激地接受他的邀请,他喝了几杯威士忌,再加上和他的旅伴聊天,这就使他觉得旅途短一些了。最后旅行结束,在机场告别时,和他谈话的那人握着他的手激动地说:"我很荣幸认识您,巴尔加斯·略萨,再见!……"

还有一次,我们已经住在卡拉塞依特了,贝贝、比拉尔西达和我三人出去散步,走到一个不太远的村子,这个村子非常美,名叫莫雷利亚。我们到旅店时已经很晚了,餐厅里坐满了人。没有一个空椅子,而西班牙人有星期天把饭后聊天拖得更长的习惯。我们很失望,因为已经很晚了,我们很饿,看看周围,看谁在吃饭后甜点,或是喝咖啡,这样能有哪怕是一个很渺茫的希望。突然,有位先生从一张餐桌旁站了起来,他很激动,朝我们走过来,望着贝贝,问他:"您是何塞·多诺索吧?"贝贝说是的。他就盛情邀请我们和他一起坐在原来他与他儿子坐着的那张桌子旁。他叫侍者:"伙计,劳驾再拿三把椅子来,要好酒,这位先生是何塞·多诺索,还有他的家里人,我很荣幸邀请他们。"我们很高兴地坐下了,非常得意,这时东道主以更加激动的声音对贝贝说,"您写了那本了不起的书《英雄与坟墓》……"很难说不是了。我们觉得好像是自己在骗他,不配被他邀请似的,很难把他转到《污秽的夜鸟》上(据他后来很激动地说,在他巴伦西亚的家里有这本书)。我们很难安慰自己……虽然这种类比并不会让人生气。总之,这件趣事的结尾不错,我们成了这位萨瓦托崇拜者的好朋友。这个人是巴伦西亚的画家科隆博。

不错,我们大家都是很好的朋友,确实像表兄弟一样,甚至孩子们也如此,如有人称他们为"迷你文学爆炸"。一天,在加西亚·马尔克斯家围着餐桌喝茶的时候,主人的两个孩子、巴尔加斯·略萨的儿子阿尔瓦利托和贡萨利托[①]、蒂托·蒙特罗索的女儿和比拉尔西达在吃冰淇淋。加西亚·马尔克斯的大儿子贡萨洛是这群孩子中最大的一个,他说:"我们都来了,就差塞西莉亚了。"就像这是个家庭聚会似的。塞西莉亚是指塞西莉亚·富恩特斯,是卡洛斯和丽塔·马塞多的女儿。她是后来与她母亲一道来的,几天以后加瓦为她举行了美好的生日庆祝会。

当梅塞德斯·加西亚·马尔克斯由于《百年孤独》的成就而阔了以后,由阿方索·米拉——巴塞罗那一位情趣高雅的调停人做参谋,更新了她那套房子的装潢,她把从起居室替换下来的红窗帘送给我,用来装饰我在卡拉塞依特的起居室,因为我们没有窗帘。她还送

---

① 即阿尔瓦罗与贡萨洛的昵称。

给我非常精致的英国羊毛衫,她的孩子们穿着小了,可以送给比拉尔西达,这对于我来说也没有什么大问题,因为我们是很要好的朋友,我们互相敬爱。而我呢,又把一条漂亮的红裙子送给帕特里西亚·略萨,我很少有机会,或者根本没有机会穿它,可是她很喜欢,她肯定能比我更好地利用它,穿出去出风头。

但是,是友谊,真正的友谊,包含深切的爱、了解和敬佩,在那个时候把马里奥·巴尔加斯·略萨和加夫列尔·加西亚·马尔克斯连接在一起了。在巴塞罗那的萨里亚区,他们住在相距一个街区的地方,实实在在"就在街拐角"。他们互相崇敬,在一起两人都很快乐,有说不完的话题。他们一块儿在城里的大街上散步,马里奥写关于加博的书。"他在他身上花了两年的时间,玛丽亚·比拉尔。"帕特里西亚对我说,在他的那本散文里倾注了对他朋友的杰作《百年孤独》的赞赏。而《一桩杀害耶稣案》也是马里奥在马德里大学获博士学位的论文,几年前他曾在那里学过文学。

卡洛斯·富恩特斯和贝贝也是非常好的朋友。他们在中学时代就认识了。那时卡洛斯和他当外交官的父母住在智利。是职业把他们连接在一起,而其他人的联系纽带是对撒克逊文学的爱好,两者并不一样。他们从来没有这么长时间住得这么近,在同一个城市的同一个地方。只有那三个月,在贝贝写《没有界限的地方》时,在我们住在墨西哥城圣安赫尔区卡洛斯家花园深处的那幢小房子的时候。尽管我做了很多努力,可丽塔和我之间没有像梅塞德斯和帕特里西亚么好。丽塔(我们开玩笑时称呼她"拉马塞多")长得很漂亮,当她在墨西哥迈出她演员生涯的头几步时,评论界惊呼,预言她将成为一个新的多洛雷斯·德尔里奥。但是,虽然她参加了布努埃尔导演的重要影片《比里迪亚娜》的拍摄,却并没有大获全胜。她性格刚烈,相当难以接近,变幻无常,很难和她相处,但很有意思。后来有一次,她到巴塞罗那去演卡洛斯的剧作《山中无老虎,猴子称大王》,她是一个人去的。我们很亲近,成了真正的朋友。但这一段时间没有延续多久。自从她离婚以后,我再没和她来往。听大家说她又结婚了,后来守了寡。也许是吧。不久以前我看到她主演的一部电视连续剧,比拉尔西达一直追着看。后来过了几年,在巴黎,我和富恩特斯的第二个妻子"古埃拉"①西尔维亚交了朋友。她很聪明,漂亮,讨人喜欢,但是,我们在法国的时间很短,将我们分开的时间倒很长。

  1971年,我们在巴尔加斯·略萨的家里和孩子们一起过平安夜。在此之前我们先参加了巴塞罗那街上的圣诞庆祝活动。圣卢西亚的集市,总是熙熙攘攘的兰布拉林荫道挤满散步的人,圣海梅广场中央有一棵极大的树,商业区华灯齐放,五彩缤纷。但是重要的是圣卢西亚集市:那座哥特式教堂周围摆满了一排排的货摊,上面陈列着圣诞节用品,有小树,有耶稣诞生情景的模型,有风向标,有挂在圣诞树上的装饰品,有小电灯泡,有方垛的麦秸也是为在家里布置耶稣诞生的情景的,但很特别、最要紧的是加泰罗尼亚的加卡内,这是这个地区最不可言喻、最典型、独一无二的人偶。农民就像我们村子里的人所说的那样,不得不方便一下,他们就在漂白土上把这形象塑造出来,就像牧羊人朝拜圣婴时大概偷偷摸摸干过的那样,脱下裤子大小便。比阿特丽斯·德莫拉把第一个加卡内送给比拉尔西达,我们把这个小泥偶带到各地,在不同的地方我们为比拉尔西达布置的所有耶稣诞生情景模型中,总是把它放在重要位置,虽然不太引人注意,虽然有点不好意思。可惜它没能经受穿越大西洋的考验,上一次的

---

① 拉美人把金发的女人称为"古埃拉",男人称为"古埃罗"。

伯利恒,上一次智利式的耶稣诞生情景模型中,我们有一个"破破的"圣约瑟,一个"小小的"圣母马利亚(我们这样用指小词是依照我们国家的习惯)和一些朝拜刚刚诞生的圣婴的迪亚吉塔印第安人。已经没有"加卡内"了,那是我们曾生活过的加泰罗尼亚的非常特殊的纪念物。在那里我们找到了感觉,我们对那里怀着挚爱和友谊,同时对加泰罗尼亚主义也格格不入,特别是一开头,那里排斥我们,使我们痛苦地感觉到我们是外国人。

马里奥和帕特里西亚有一套小小的但是很舒适、令人觉得愉快的公寓。在那里度过平安夜的有房子的主人,有科塔萨尔和乌格内,有加西亚·马尔克斯和我们,还有孩子们:两个姓加西亚·马尔克斯,两个姓巴尔加斯·略萨,还有比拉尔西达。当然谈到了文学。科塔萨尔、马里奥和贝贝几乎无法避免谈论文学。加博尽量做出无所谓的样子,但是办不到。我们也想祖国,想遥远的家人,夜里很晚了,我们都要走的时候,胡利奥·科塔萨尔和马里奥·巴尔加斯·略萨为一个与文学无关的问题争执起来。他们用从阿尔瓦罗和贡萨洛的玩具口袋里找来的旧的可控汽车进行比赛,那两个孩子玩累了就睡觉去了,和他们一起去睡的还有比拉尔西达。

新年晚餐是在玛丽亚·安东尼娅和路易斯·戈伊蒂索洛夫妇家中吃的,在这本书中贝贝谈到了这顿晚餐,其实就是提前两三天庆祝了节日。在那里西班牙人和美洲人互相庆祝,分享香槟酒,互相拥抱,互相致以美好的祝愿。新年本身,也就是西班牙人充满诗意地称为"除夕之夜"的12月31日晚上,我们是在加西亚·马尔克斯夫妇家中度过的,他们只邀请了少数最亲密的人,全是美洲人:有卡洛斯·富恩特斯和丽塔以及他们的女儿,这时节他们已经到了,有巴尔加斯·略萨一家和我们一家,再也没有别人了。科塔萨尔和乌格内已经走了,他们回到法国与乌格内的儿子一块吃除夕晚餐了,胡利奥很爱那个孩子。比拉尔和豪尔赫·爱德华兹也被邀请参加这些节日,但是他们没能来。豪尔赫是我国驻法国巴黎的参赞,他要留在那里接待奥滕西亚·布西,她是当时的智利总统萨尔瓦多·阿连德的夫人,她从智利到法国去待几天。

我们吃晚餐,跳舞,真诚亲切地拥抱,真心实意地许诺,要成为永久的朋友,男人们也真诚地互相预祝文学上取得巨大成就。

好多个圣诞节过去了,我证明,有些愿望和预言已经实现了。比如说《百年孤独》已经出了几百万册,从巨大的销售量来看,它的名声仅次于《堂吉诃德》,占第二位。巴尔加斯·略萨继续照常出书,由于他最近出的《世界末日之战》,他的成就和名望已经到达顶峰。他的名气无法比拟,这些年来,除去加西亚·马尔克斯,谁也无法与他匹敌。《新闻周刊》的封面刊登他的照片,马里奥是有关拉丁美洲文学和政治社论的中心。轻浮但流传非常广的杂志《你好》刊登他和全家在利马的照片;法国的《快报》杂志谈到他在少年中间的知名度,他们惊叹着谈论他。他的名字远远超过他的书从严格文学角度来看的价值成为新闻。富恩特斯也继续出版大部头著作,他的小说《我们的土地》荣获罗慕洛·加列戈斯奖,这项奖在此之前曾授给加西亚·马尔克斯和巴尔加斯·略萨。成就确实比以前梦想的要大,但允诺过的友谊却不如从前了,也没有那么亲密了。那次共进晚餐的人没有一个继续住在巴塞罗那了。加西亚·马尔克斯一家定居在墨西哥,那里成为他孩子们的祖国。卡洛斯·富恩特斯有一段时间在巴黎,他是他们国家的大使,现在他与他的第二个妻子及两个后来出生的孩子住在普林斯顿。巴尔加斯·略萨一家在利马有一幢面向大海的大房子。我们回到智利快两年了,我们不想动了,至少我是这样希望的。结婚二十年,搬了二十一次家。我都记不得在全世界的哪个家里,在墨西哥,在美国,在西班牙和智利,不等我挂好窗帘贝贝就开始思考要搬到一个新的理想的地方。我略有点迷信地不想在我们圣地亚哥家里的餐厅挂上窗帘。我想保持一段时间的稳定,或是恢复我们的根。也许正是出于这个原因巴尔加斯·略萨一家人才回到了秘鲁。

胡利奥·科塔萨尔的情况恰恰相反。他还住在巴黎,与乌格内离婚了,有了一个新的伴侣,不仅终于在法国扎下了根,而且还获得了法国国籍,在阿根廷引起了一股不公正的怨恨他的浪潮。卡洛斯·弗朗基和他一样,最终在欧洲扎下了根,住在托斯卡纳的一个小村子里。我想,这是暂时的。经验告诉我,人们永远也不会十分有把握地知道那些流亡在外、远离祖国的人会怎么样。

有一次,我觉得就是在那一次,马里奥说:"我们刚认识的时候,谈的最重要的是我们到哪里去住。十五年过去了(其实没有过去那么多年),我们还在谈着,询问着同样的事。"

在那时候谁都不曾想到回国。我们过着自己的欧洲生活,不断怀念着祖国,怀念着自己的家人和朋友,吃着我们特色的加辣椒的食品,或是从秘鲁、玻利维亚捎来的,或是从超市买来的。我们用某个非常专门的熟食店里买来的冷冻玉米制成传统的智利嫩玉米糕,或是从某个流亡在外、远离祖国、怀念故土却敢于进取的人开的餐馆里买来馅饼、玉米饼或是加辣椒的玉米馅饼。但是同时我们又享受着欧洲提供的许多东西。说真的,我们还不想回美洲去。

欧洲生活给我们提供的快乐之一是有机会旅行。到哪儿距离都很近,与我们广袤的大地相比,是太近了,几个小时之内就改变了语言、文化和风景。在极好的火车上旅行六小时就从巴塞罗那到了法国的阿维尼翁,在那次圣诞节庆祝活动后的第二年夏天,我们到那个城市去过节,那里首演译成法文的富恩特斯的《山中无老虎,猴子称大王》。玛丽亚·卡萨雷斯和萨米·弗雷扮演主要角色。参加团聚的有在巴塞罗那聚会过的同一群人,再加上住在巴黎的胡安·戈伊蒂索洛,他那天下午到了,是来参加首演式的。

加西亚·马尔克斯夫妇是带着孩子来的,孩子们已经够大了,已懂得从旅行中得到享受。巴尔加斯·略萨的孩子和我们的孩子放在贝德拉尔维斯的幼儿园里了。和孩子们分手的时候,帕特里西亚和我非常失望,他们不是哭着,而是摇着手,看着有几天没有父母在跟前还挺高兴。

科塔萨尔和乌格内·卡尔维利斯在阿维尼翁就像在他们家里一样,因为胡利奥在赛尼翁这个小村有房产,这个村离阿维尼翁很近。

那天晚上,演出结束以后,我们大家都到一家餐厅去吃饭。卡洛斯的夫人丽塔那天夜里显得很漂亮,穿着一件她自己用绿色和金色的印度纱丽缝的帕拉索袍子,我也穿着一袭纱丽,但是是按照印度的方式,就像一件长衫,在前面收着褶子,一个肩膀露在外边。我们走在一起,离富恩特斯、贝贝和胡安·戈伊蒂索洛那一群人有很短的一点距离,我们慢慢走着,观赏着熙熙攘攘的中世纪街景。有许多年轻人,那时候有很多嬉皮士。气氛喜洋洋的,气温十分宜人,丽塔和我一本正经地谈我们孩子的教育问题。

突然我们听到一声刹车响,一辆巨大的警车停在我们面前。"夫人!"一位警察冲我们喊,朝我们走来,丽塔马上就明白是怎么回事了。我还十分天真,什么也不知道。"可是,先生……"丽塔拿出她最好的、最动人的演戏的声音说,"我们不是妓女……"这下我总算明白发生的事情了。我开始惊恐地喊道:"贝贝!卡洛斯!胡安!……"一面想法解释清楚,说我们刚从黛尔特尔剧院出来,这位夫人的丈夫刚来参加他自己作品的首演式。完全搞错了的警察嘟哝了几声对不起,上了车,赶快开走了。等到知道发生的事情以后,卡洛斯把我们骂了一顿,说我们真该让他们带到警察局去,还说,毫无疑问差点造成的新闻丑事会对他的作品,对贝贝不久以后要译成法文的书形成很大的宣传作用。

我们在阿维尼翁住了三四天,有一天,科塔萨尔和乌格内在一个美丽的农家客舍为这群来自巴塞罗那、巴黎或别的地方的朋友组织了一次午餐。然后我们就去科塔萨尔的家度过下午的时光。在那里发生了两件重要的事情:成立了《自由》杂志,以及马里奥·巴尔加斯·略萨改变了发型。我感到骄傲的是这两件事我都参与了:在杂志的命名上,我提醒他们注意,原来想起的名字《白色》在我们的大陆会有种族主义的含意。阿尔维娜·德博伊斯卢夫莱依为这份杂志的资助人,我不知道是全部或部分资助。她本人是一半美国血统,一半梅斯蒂索①血统。她母亲是锡王安特诺尔·帕蒂诺的妹妹,是玻利维亚人,父亲是个法国人,是德博伊斯卢夫莱依侯爵。她是有名的美人,并且思想激进,她的进步思想促使她资助这群反对她家庭的思想的人,他们提出的方针不仅是反对,更是攻击像帕蒂诺那样的资本主义公司和托拉斯的。

至于巴尔加斯·略萨的发型也是这样。这一天和以往一样,马里奥又把他的深栗色头发梳成了猫王埃尔维斯·普雷斯利那样的鸭尾式了,这可以从他最早出的几本书的照片中得到证实。我对他说,在"文学爆炸"这群人中间,他的头发最漂亮,他没有权利不炫耀。

---

① 指白人与美洲土著的混血种人。

那还是披头士乐队时代,男人们还没有注意到,一般来说头发长一点会使他们的样子好看得多。直到现在马里奥还留着相当长的头发,鬓角上有一些显得很稳重的白头发。

1969年我们从马略卡来到巴塞罗那,住在一套宽敞的楼房公寓里,价格便宜,光线充足,环境很好,位于巴尔维德莱拉区,位于巴塞罗那背后一个很古老的都市化的小山岗上,面对着蒙锥克,特别适合观景,遥望大海和城市。蒙锥克是包围着巴塞罗那的许多山岗中的一个,它所在的区与巴尔维德莱拉不同,不是居民区,而是有许多公园和博物馆呈螺旋形上升排列,其中包括考古博物馆、海洋博物馆、西班牙人民博物馆,在山顶上有一个全世界最丰富的罗马人博物馆。

巴尔维德莱拉好像个小村似的靠公路与外界连接,还有一条与地铁相连接的缆车线,缆车车站的风格是新艺术式的,有许多房屋也是这种风格的,这就使这个区形成一种独特风味,在时兴到海滩去消夏之前,这里曾是巴塞罗那资产阶级消夏的最雅致的地方。加西亚·马尔克斯的孩子们比巴尔加斯·略萨的孩子们以及比拉尔西达稍微大一点,他们的年龄相差不大。那时候他们都很小,每到周末,帕特里西亚和我一道为他们组织节目,或是看木偶戏,或是去马戏团或电影院,一般来说,总是父母们一起吃饭。马里奥和贝贝不否认他们最喜欢的就是谈文学,加博也是一样,他比表面看上去更加有素养,读过更多书。他们谈起来,最后总是谈到福楼拜。马里奥非常崇拜这位法国作家,总热情地为他辩护。贝贝攻击福楼拜,一方面是由于他不那么崇拜这位作家,另一方面也是为了刺痛马里奥。帕特里西亚和我不参与辩论。角色的分配很固定,特别是他们的角色和加西亚·马尔克斯的角色。有一天,长时间会见一位美国女教授之后,加博宣布他痛恨女知识分子。我讽刺地问他,由于我搞翻译,他是否也把我看成知识分子？他回答说还没有这样,但是"情况不大妙"。还有一天马里奥半开玩笑半认真地质问我,我是不是要造成他的婚姻破裂。我很奇怪,也有点不安,尽管我觉得我的心里很平静,就问他为什么。他回答说,因为我在"挑唆"帕特里西亚和我一起去上意大利语课。一天晚上,我们在他家吃饭,他当着帕特里西亚和我的面,面不改色地说,他崇敬的唯一女知识分子是有才华的奥罗拉·贝纳德斯,她是科塔萨尔的前妻,后来嫁给了阿根廷诗人阿尔韦托·吉利。马里奥的大男子主义宣言不仅在家庭范围内以及朋友们中间发表,而且在西班牙报刊上公开。在报刊上他成为女权主义者的攻击对象,说他对于(妇女的)事业来说是很可憎的。

帕特里西亚长得很美,很有魅力,是马里奥的表妹,是他第一个妻子胡利娅·乌尔基迪的亲外甥女。由于《胡利娅姨妈与作家》这本书,这段故事已经是人所共知了。马里奥很年轻的时候,也就是十八或二十岁时,在利马认识了胡利娅,她是他舅舅的妻子奥尔加·乌尔基迪的妹妹。那时胡利娅三十岁,比马里奥大十岁,那时(现在仍然)非常漂亮。她从玻利维亚来,她刚在那里与自己的第一个丈夫离了婚。马里奥和胡利娅在家庭聚会和节日上碰到了,后来就相爱了。差不多是秘密地结了婚,就像马里奥在书中描述的那样,因为家里反对这个年龄相差悬殊的婚姻。这一对新婚夫妇躲开家庭的反对,来到巴黎,他们在那里住了好多年。胡利娅工作,马里奥一边写书一边工作(他在巴黎电台的西班牙语节目中工作)。他在那里写完了《城市与狗》,献给胡利娅。在离婚时,他把这本书的版权和一切都给了她,就好像这本书是她写的似的。

离婚以后,马里奥和帕特里西亚·略萨·乌尔基迪结婚,她是奥尔加·乌尔基迪和卢乔·略萨的女儿,也就是说,从她父亲那系算起,她是马里奥的堂妹,从她母亲那系算起,她是胡利娅的亲外甥女。他们结婚了,在英国和西班牙住过,最后找到了定居的地方,由于他们总出门旅行,很难说他们是住在利马。

胡利娅即"胡利娅姨妈"(自从那本书发表并获得成功以后,大家都这么叫她),现在住在玻利维亚的拉巴斯。有一次我去看望我母亲,胡利娅给我讲了一件奇特的事情。那件事发生在帕特里西亚出生的那一年。那时候那个庞大的家庭住在科恰班巴,全家都住在一起。大家庭里的祖父德高望重,是族长的形象,他是秘鲁公使。帕特里西亚出生的那天,二十岁的胡利娅在花园里看到十岁的小马里奥正趴在一棵树上专心致志地往窗户里看呢,那棵树对着的房子里,她姐姐奥尔加正在生孩子。胡利娅气坏了,叫他下来,敲他的脑袋,说他太不像话了。可以想象小马里奥一定不好受,他痛得流眼泪,那个来到人世的小女婴也在流眼泪。随着时间的过去,这两个女人,使他流泪的女人和哭着的女婴后来竟先后成了他的妻子。

很多年间,马里奥和帕特里西亚都和胡利娅保持很好的关系,有时甚至和姨妈以及她的第三个丈夫一起出去吃饭,后来她与那个丈夫又离婚了。现在胡利娅准备要出版一本书《小巴尔加斯不曾说过的话》。在这本书里她将要说一说"奖章的背面"。预告这本书将于 1982 年 9 月问世。据她说,并不是她要回应《胡利娅姨妈与作家》,而是由于要在哥伦比亚拍摄以《小巴尔加斯不曾说过的话》为基础的电视连续剧。胡利娅说:"这是一本客观的书,有马里奥没说过的真话。我不知道他为什么保持沉默。"她补充说,"不是攻击,不是怨恨,不是气愤,也不是挑衅。那书里包括有趣的资料,还有许多来往信件。"

我们住在卡拉塞依特时,一年夏天,阿尔瓦利托和贡萨利托来和我们一块儿住了十五天。那时候他们的父母到墨西哥旅行去了。马里奥要为一项重要的文学奖当评审委员。孩子们都非常喜欢乡村生活。我们的女儿比拉尔西达和巴尔加斯·略萨的两个孩子也不例外，他们喜欢在村里的游泳池游泳，那是个设备很差的公共游泳池，设在村里一个没有树木、被那无法忍受的太阳直晒的地方。他们骑着毛驴去散步，到田野里去收无花果，和我们的狗"朝拜者"以及家里的三只猫玩，还有邻居家的鸡和兔子，享受一个环境良好的西班牙农村能提供给孩子们的极大自由。我只是在白天工作几小时，此外便要做大量的妇人的活计，使我感到筋疲力尽。于是，在太阳晒得最厉害的午休时间，我躺下来休息，把通向大街的门从里面插上，让孩子们在街上玩，或是在村政府办公处的文艺复兴式的拱门下玩。一天下午，他们求了老半天，我才让他们进来，叫他们先答应他们也要睡。我把他们安顿在隔壁房间，把窗板放下来，希望昏暗和炎热使他们产生睡意。他们答应让贝贝和我睡两个小时左右。

可是没有用，应当受罚的笑声，兄弟中的一个与比拉尔西达玩，把另一个排除在外引起的嫉妒的哭声，这一切迫使我爬起来看到底发生了什么事情。比拉尔西达和贡萨利托高兴地笑着，他们两人合穿一条裤子，每个人把一条腿伸到裤筒里。阿尔瓦利托很恼火，在床上哭成一团。我忍住笑，叫他们起来，穿上衣服，让他们像往常一样"到广场去玩"，贝贝在睡觉，或者假装睡着了。他正在构思《别墅》，那里有三十五个表兄弟堂姐妹，每年夏天在一幢与我们在下阿拉贡的简朴的石头房舍很不相同的别墅里玩"爱情和命运"的游戏。他的人物玩的游戏和那天下午睡午觉时我们的孩子天真的淘气很不相同，但是，这些游戏是从这无邪的、纯朴的种子中萌发的，构成了贝贝这部小说中精心设计的神奇。

但是,巴尔加斯·略萨一家和加西亚·马尔克斯一家不仅彼此是好朋友,与我们以及住在或路过巴塞罗那的拉丁美洲人是好朋友,他们和我们还有一些很好的加泰罗尼亚朋友。他们差不多全是有名的"神圣左翼"组织的成员,这个"神圣左翼"非常"左",同时又很有风度,很有欧洲味,很文明。它的成员总是非常恰到好处,并且领导新潮流。晚上他们聚集在薄伽丘夜总会新艺术式的房子深处,白天在"闪光闪光"玉米饼店里吃午饭,或是随便吃点快餐。我们这些在城里住的时间比较少的人和那些在卡拉塞依特买下房子的巴塞罗那人成了好朋友。他们以很大的兴趣把房子装修好,到那里去度周末和假期。莱奥波尔多·波梅斯是一个有名的报刊撰稿人,是"闪光闪光"玉米饼店的主人。人们跟我说起他的一件逸事,我觉得很有趣。好像是在他七八岁第一次领圣餐时,他父母问他想要什么礼物。他们想他当然会要那经典的电动火车,或是人所共知的足球,可小莱奥波尔多不假思索地回答:"我想要一张有华盖的床!"

卡洛斯·巴拉尔,诗人兼出版家,是这"神圣左翼"的支柱之一,是其中最杰出的成员。当我们刚来还住在巴塞罗那时,他还与塞依克斯一家共同经营巨大的塞依克斯巴拉尔出版社,是他创办的简明丛书奖,用这个奖推出了,比方说巴尔加斯·略萨,他的《城市与狗》获了这项奖,此外,他还推出了日后成名的大部分拉丁美洲作家,虽然他们没有获得这项奖。那一年他们发生了分歧,卡洛斯离开了出版社,所以没有把奖授给贝贝的《污秽的夜鸟》,据传本来是要授给他的。塞依克斯巴拉尔的出版商们留下了这本书。为了补偿他在知名度上的损失,也就是说,没有发给他奖的损失,他们展开了大张旗鼓的宣传活动。其中最奇特的一项措施是在遍布全国的几百家书店橱窗顶端吊下一只鸟笼,鸟笼里放着一本《污秽的夜鸟》。

决裂实在令人痛心疾首。维克托·塞依克斯为人有板有眼,勤勤恳恳。卡洛斯·巴拉尔是直感能力很强的艺术家。他们组合在一起,十全十美,挑起出版社的担子,使出版社经历着最好的年代。但是维克托·塞依克斯去世了,是在法兰克福书展期间,被一辆有轨电车撞了,就像他那著名的同乡、建筑家高迪一样。世上的事情不会总是一个样。塞依克斯巴拉尔出版社出于商业原因保留了巴拉尔的称呼,但已不是原来的样子了;卡洛斯也不一样了,他创办了巴拉尔出版社,设立了一项新的奖,以便使简明丛书复苏,但他没能办到。他的作家们非常爱他,为他做一些闻所未闻的事情。比如巴尔加斯·略萨从秘鲁给他带来一只虎崽,可爱极了,但是虎崽不大经得住长途旅行,而在海关的时候人们又没以应有的尊敬对待这位美洲丛林之王(那里没有狮子),小虎崽死在卡拉费尔。那是一个海边小村,巴拉尔一家好多年来就住在那里。这件事使卡洛斯的双胞胎儿子达里奥和马尔科斯——一对"小丑八怪"——非常伤心,因为他们很爱那虎崽。(在西班牙,有很多人传言堂胡安·卡洛斯国王想封巴拉尔为贵族,授给他卡拉费尔子爵的头衔。)

一天晚上在奥斯卡·图斯盖茨和比阿特丽斯·德莫拉家有一个鸡尾酒会,那时他们俩是夫妻,是图斯盖茨出版社的主人,现在比阿特丽斯仍继续领导着这家出版社。在酒会上我丈夫贝贝和卡洛斯大争特争,最后打了起来。卡洛斯责怪贝贝与他的对手合作出版了《污秽的夜鸟》,贝贝回答说是他(卡洛斯)拒绝了他,他曾经提议和他(贝贝)一道出这本书。卡洛斯说这种立场难以接受,他气呼呼地对贝贝说:"你戴着你那贴了胶带的眼镜滑稽透了!"可怜的贝贝,那天摔坏了眼镜,两天以后才能修复,修好之前他得戴着那副贴着胶带的。我永远也没有搞清楚事情的结尾怎么就像在西班牙人们所说的那样"一哄而散"(一哄而散会有什么样的结局?),贝贝躺在主人的床上,犯起他已经治好了的胃溃疡(一年以前已经给他手术切除了),卡洛斯又多喝了一杯,哭唧唧地离开了酒会。这天晚上过去以后,两个人对这件事闭口不谈,又像以前一样成了好朋友。

"神圣左翼"的成员除去巴拉尔夫妇、图斯盖茨夫妇和莱奥波尔多·波梅斯以外,还有一些小说家和诗人,比如戈伊蒂索洛兄弟。路易斯·戈伊蒂索洛是小说家,何塞·阿古斯丁是诗人。何塞普·玛利亚·卡斯特列特是评论家,还有他的诗集《九位崭新的诗人》中的青年诗人。还有一些电影演员和电影评论家,比如里卡多·穆尼奥斯·舒阿伊、贡萨洛·埃拉尔德和罗曼·古韦。还有建筑师奥里奥尔·博伊加斯以及有争议的里卡丁·博菲尔,后者在为巴黎市中心旧中央广场进行的都市规划比赛中获得了法国瓦莱利·吉斯卡尔·德斯坦政府颁发的令人向往的国际奖。还有一位话剧导演,也许还有一位演员,一位画家。但是我一个也记不得了。我觉得他们另成一组。另外还有一些出版家,比如豪尔赫·埃拉尔德,他是阿那格拉马出版社的主人,是他出版了本书的第一版。还有罗莎·莱迦斯,她创办了科学胜利章出版社,担任老板,出版了西班牙最著名的小说家之一胡安·贝内特以及西班牙青年先锋派中大部分作家的书。她出版的诗人的作品中,有智利女诗人卡门·奥雷戈的,还有别的名字我记不得了,或者是我不认识,因为贝贝和我在巴塞罗那很少有社会交往。后来我们就搬到卡拉塞依特去住了,很少进城。虽然我很喜欢这个村子,但这一段生活对我来说并没有积极意义,我再也不会过那种日子了。但是,对贝贝倒确实有积极意义。他在那里写了很多东西,这本书正是在那里写的,此外还有《三个资产阶级的中篇小说》。最后,我们在锡切斯有了另一个家,比拉尔西达和我住到那里,他又写了《别墅》。他对这个村子的回忆是最美好的,至今仍从中汲取营养。

哈维尔·比利亚韦恰和他的妻子玛尔塔·奥夫雷贡也是拉丁美洲作家的朋友(玛尔塔由于她父亲毛里西奥·奥夫雷贡之故有一半哥伦比亚血统,另一半由于她母亲之故是加泰罗尼亚血统。母亲姓安德鲁,是一位有名大夫的女儿,这位大夫研制了不少药片,以他的名字命名,同样很有名)。他们热情、慷慨,有修养。比利亚韦恰夫妇是我们最亲爱的朋友。在那条以他们外祖父的名字命名的街道上那极漂亮的家里,他们无拘无束地接待我们和很多美洲及西班牙朋友。在巴塞罗那的利塞欧大剧院他们有一个包厢。这个剧院很特别,把包厢和座位像不动产似的出售。他俩常常请别人看当时正上演的歌剧或芭蕾舞剧,一般都是些很精彩的演出。

我们刚到西班牙时还是佛朗哥时期,利塞欧大剧院是这个城市的艺术和社会生活的中心之一。节日之夜可以看到兴旺的加泰罗尼亚资产阶级云集在这里,炫耀他们的盛装,欣赏音乐,同时也展示他们已经成年的女儿们,她们穿着漂亮的新衣服,和父母一起来到剧院参加某个庆典或是首演式。加泰罗尼亚人对钱财采取与众不同的姿态,这是一个奇特的习惯(到包厢来要比举办一场节日活动便宜得多),因为在马德里以及在世界各个地方使用的或者曾经使用过的方式是举行晚会,举行成年跳舞会,就像我那个时代的圣地亚哥人或马德里人一样,以便把刚从学校毕业的姑娘"介绍给社会"(就像在智利所说的那样),这样便把她投放到婚姻市场了。

民主时期到来了,随着新自由的到来,积怨也萌发了。一天晚上,许多次我没能看到的情景这次亲眼看见了,一群激动的人等在剧院门口,朝我们扔烂蔬菜,一只西红柿扔到了我黑色连衣裙的白色翻领上(这是阿尔卡尼兹村的裁缝给我做的,缝制得很不错)。有好几次不得不由警察来干涉。现在剧院的风格不一样了,或者更确切地说,去剧场的观众不一样了,而演出的节目还保持着它的精彩水平。音乐迷们仍然常去剧院,不过穿衣服随便了,不戴首饰了。我不知道费利佩·冈萨雷斯怎么会是个矮个子。利塞欧大剧院本身就是十九世纪末建筑的典范,特别是那电梯,堪称独一无二的最优秀的新艺术风格作品。

剧院面对兰布拉大街,这是巴塞罗那最热闹的地方。正值黄金时代的嬉皮士们去伊维萨岛途经这里,在这里漫步。拉丁美洲的流亡者在这里摆过,我想现在仍然在摆街头货摊,出售工艺品,后来他们被驱逐到面对海港最远的街上去了。街上总有新鲜事,总能见到不可思议的东西。比方说,一天晚上一群玻利维亚印第安人演奏的一曲华伊诺①使我流下了思乡的眼泪;或者,你会遇见某个高个子黑人穿着粉红色的缎子衣裳,足蹬一双金色的皮靴,那是从伦敦来的朋客青年,和他们的旅游者同胞一样,是来寻找阳光的。不然就是吉卜赛人、大学生、街头音乐家,还有退休的男士们,他们出租椅子供人看不用收费的街景。书摊、花摊、宠物摊,关在笼子里的鹦鹉、老鼠、鸽子、小乌龟、杂志、扣子、玻璃珠项链、天蓝色眼睛的小暹罗猫。还有设在人行道上的咖啡馆,卖三明治和足足实实的西班牙式夹肉面包以及整个地区非常流行的橄榄油加西红柿面包。含酒精的饮料、可口可乐和加泰罗尼亚维希水②。人们逛来逛去,沿街而上,再顺街而下。兰布拉全年都是旅游者和本地人集中的地方,但是到了夏天的

---

① 华伊诺,一种音乐形式,流行于秘鲁、玻利维亚、厄瓜多尔、智利等地。
② 加泰罗尼亚维希品牌创立于1890年,主要生产矿泉水。

傍晚和夜里人更多,更嘈杂,色彩更缤纷,这股热闹劲儿一直要持续到黎明。

围绕着兰布拉大街的附近街道以及兰布拉大街本身有西班牙甚至可以说是全欧洲最有名的异装癖酒吧。在佛朗哥时期就存在这种酒吧,但那是另一回事,有点遮遮掩掩。当路易斯·布努埃尔想拍贝贝的《没有界限的地方》①时,他把书交给严格的审查机构,审查机构的人对他说,由于他是布努埃尔,所以接受这本书进行审查纯粹是走走形式。就这样残酷地燃起了我们的希望。可是当他去取审查结果时,他们变了调子,连接待这位电影导演的人的都不是原来级别的人了。无论如何不能拍这部片子。他们说,这会有损西班牙的良好形象。说在西班牙既没有同性恋,也没有妓院……布努埃尔又一次离开了他的祖国,他想到法国去拍这部片子,但是没有实现愿望。几年以后年轻的墨西哥导演阿图罗·利普斯坦因拍摄了这部影片。虽然这是一部好电影(无愧于圣塞巴斯蒂安电影节的评论奖),可惜不是由路易斯执导的。

我们从兰布拉大街开始逛每年4月23日举行的书市,它与马德里、法兰克福及其他任何城市的图书节都不同,在巴塞罗那,这是书籍和玫瑰花的节日。

正值欧洲和加泰罗尼亚的仲春,玫瑰开放,千姿百态,万紫千红,绽放在乡村和城市的公园里。书市上,照传统每个人至少要买一本书和一枝玫瑰送给自己的亲人。这是巴塞罗那的节日。全城主要的街道上,比如兰布拉这样的大街,由不同的出版社和书店摆满了书摊,与卖玫瑰的商人一道,陈列出他们的书籍。墙上挂着最有名的作

---

① 书中主人公是一个男扮女装的人。

者的肖像,也挂着广告牌,宣传当年新的文学作品。在这日子里书价下跌,并且组织西班牙的和来到这个城市的外国当代作家给书签名,他们按报纸上公布的日子很准时地到不同的地方为购书者买的他们自己的作品签名。读者由于能亲眼看到作者,并能有作者的签名留念而感到非常高兴。

春天最初的和风,最初的玫瑰,最早的、最老的、最新的、最经典的书,书呀,书呀。巴塞罗那倾城而出,出来买书,小孩、老人、男人、女人,还有一本正经的青年大学生,他们趣味相投,相信买的书很重要。还有一些人更喜爱舞厅,但是在那一天,他们也想着书,买书、谈论书,并且赠送玫瑰。

普遍的欢乐,四月节的气氛,四月是西班牙过节的月份,最有名的是塞维利亚的四月节,从 18 日开始,但是日期会随着圣周变动。五十年代我还单身时,曾在那里跳过贴面舞(非常奔放的)。我穿着吉卜赛人那种红红绿绿带大褶边的连衣裙坐在马车上兜风,坐在一个男朋友身后,两个人骑一匹马,心里怕得要死。他身穿传统的安达卢西亚短上衣,非常潇洒。我不知疲倦地兜风,喝小杯小杯的酒,我参观院落,听弗拉明戈深歌,这使我回想起我当外交官的父亲在上一任职位的许多个夏夜。那是在埃及,宣礼员在清真寺的尖塔高处吆喝着,召唤大家去诵经。在巴塞罗那,这么多年——快三十年了——之后,在一个如此不同的节日,我也在漫步,但是没有跳舞,没有听人唱歌,也不谈论斗牛,只是起劲地谈论书和关于文学的传闻,因为和书以及书的作者打交道其乐无穷。我在这美丽城市的宽阔林荫道上漫步,享受着充满阳光的广大空间,享受着海港的和风和如此新鲜的玫瑰,特别是享受那么多的书,封面五彩缤纷,像玫瑰一样。

传统叫人至少买一本书和一枝玫瑰。这是加泰罗尼亚人的商业精神制造出来的传统。塞维利亚的节日是欢乐,巴塞罗那的节日是做生意。但是这一回,和加泰罗尼亚的其他节日一样,生意经过精巧的构思,做得非常精彩、非常漂亮,有恰到好处的情趣,排场大,很有美感,为的是一种商品——文学,这样做是很值得的。

当豪尔赫·爱德华兹离开他在古巴多灾多难的外交工作来到这里时,我们还住在巴塞罗那。他从那个岛国来,到巴黎去,与巴勃罗·聂鲁达一道参加智利使馆的工作,那时候聂鲁达是大使。豪尔赫住在巴尔加斯·略萨的家里,一天晚上他到巴尔维德莱拉和我们共进晚餐。豪尔赫不仅赶上了,而且目睹了他的朋友、诗人埃韦尔托·帕迪利亚在一个公开场合宣读一封自我批评信。在信中他把自己说成是"客观上的反革命分子",并且断言,由于他被拘捕,他国外的朋友们会在国际场合小题大做,即便如此,也"不应当释放他"。此外他还把另外一些古巴的知识分子朋友也牵连进来了,他把他们叫到台前和自己站在一起。在豪尔赫下榻的哈瓦那海滨旅馆里举行的会议上,在场说话随便的人可吓坏了。这就是有名的"帕迪利亚事件",它使过去非常高兴地欢迎古巴革命、支持革命的美洲知识分子和很大一部分欧洲知识分子分裂了。菲德尔·卡斯特罗的文化政策曾有过美好的开端,后来却发生了变化,使原先紧跟和支持这一政策之人多年的友谊破裂了。马里奥·巴尔加斯·略萨是受攻击最厉害的人之一。据豪尔赫说,在他写的关于他在古巴的经历的极精彩的书《不受欢迎的人》中,巴尔加斯·略萨在各种反对拘捕帕迪利亚的知识分子中是一只赎罪的羔羊。而豪尔赫自己则被菲德尔本人告到萨尔瓦多·阿连德本人那里,他等待着自己被逐出外交界。爱德华兹很清楚我们当时的民主机构,或者让我们引用豪尔赫本人的话,"我们痛斥的资产阶级法权"如何动作,他想,最大的惩罚可能就是把他召回智利,把他列入已经贬值的人的名单,年终时给他一个糟糕的评语。毫无疑问,他将受到菲德尔在智利的无条件追随者的普遍谴责。但是根本没有发生这种事情,好像是作为奖励似的,豪尔赫被派到巴黎去当参赞,当聂鲁达生病回智利时,他又当了商务参赞。导致阿连德倒台的政变发生以后,他和他的妻子皮拉尔·德卡斯特罗以及已经上大学的女儿希梅娜来到巴塞罗那生活。新政府很快就把他和其他有过漫长光辉历程的同伴赶走了。

豪尔赫在那个岛国的最后一天,更确切地说,最后一个晚上,也就是埃韦尔托和他的妻子被拘捕的第二天,菲德尔·卡斯特罗会见了他,关于这次会见那本书中有很值得注意的记述。菲德尔对豪尔赫表示,自己对他是有好感的,这是由于他很镇定,他具有一个智利作家兼外交家的冷静。他说很遗憾,他已经把对他的指控寄往智利了,还说希望他们能再见面。这种说法很明显地表示他希望豪尔赫不要完全倒向另一边。在巴尔维德莱拉吃饭的那天晚上,豪尔赫为这件事很激动,很动感情,在讲给我们听的时候,在我们的起居室里神经质地走来走去。看来菲德尔·卡斯特罗与豪尔赫有同样的习惯,有点紧张的时候就一边走一边谈话。好像在最后那次会见中两个人都在边走边谈。对于两个在场的没有开口的见证人来说,他们两人的这种走动应当是很奇怪的情景,好像是一出政治性的现代芭蕾舞。我们的朋友从我们房间的一头走到另一头,说着,打着手势,忽然在长沙发或沙发椅前停下来,从垫子下掏什么。他也在那些画面前停下来,反复寻找点什么,我一开始不明白他在找什么。我奇怪地看着他,直到后来我才明白他是出于条件反射,想找出暗藏的话筒。"你放心吧,豪尔赫,"我对他说,"这里没藏话筒,你已经不在古巴了,你在佛朗哥的西班牙了。"这名元首统治时期的西班牙有过其他的东西,也许包括暗藏着的话筒,但不会在一个不知名的外国作家家里安置。

那个时候的富恩特斯、巴尔加斯·略萨、加西亚·马尔克斯和科塔萨尔……也就是卡洛斯、马里奥、加博和胡利奥,他们是怎么样的呢?卡洛斯·富恩特斯,我在康塞普西翁知识分子代表大会上首次认识他,他也是我最热爱的一个人。我永远忘不了是他首先向贝贝伸出援助之手(就像贝贝在这本书中所说的那样),他给了他最大的支持——帮他打破了障碍。

1962年举行代表大会时,卡洛斯很年轻,三十四五岁,非常英俊、出色、精力充沛,完全献身于文学、古巴革命以及革命在当时意味着的一切。他是那次有那么多明星的代表大会中的明星。参加大会的有巴勃罗·聂鲁达,有阿莱霍·卡彭铁尔,有两次获诺贝尔奖的莱纳斯·鲍林,画家瓜亚萨明,玻利维亚的银器女工艺师尼尔达·努涅斯·德尔普拉多和其他许多人。

卡洛斯的人格魅力发出独特的光芒,这不仅表现在上午会议大厅发表的使大会易帜的发言,而且也表现在晚上当着所有来宾的面和我跳卡利普索①,当时大家围成一圈,让我们在舞池中间跳舞。是的,大会的宗旨改变了,从文学会议变成政治会议,从知识分子们在智利某省会的友好相识,变成了声援古巴、谴责美国殖民主义和家长式统治的运动。富恩特斯和美国文学教授弗兰克·坦纳鲍姆的交锋真值得见识一下。卡洛斯以他充满学识的雄辩力,以他热烈的激情把老教授驳斥得落花流水,老教授居然还想用家长式的老花招来征服我们呢!他用卡斯蒂利亚语发言,带着明显的英语腔调,但仍然不

---

① 卡利普索,一种来源于西印度群岛的民间歌舞。

失为卡斯蒂利亚语:"我很爱墨西哥……"一种既说服不了富恩特斯,又说服不了大部分与会者的亲热。大家都为我们这位墨西哥人的发言热烈鼓掌。

非常出色,他的出色是以极高的睿智和坚实的知识为基础的。卡洛斯很有雄心,有很大的雄心;我猜想他的雄心比他愿意承认的全部都要大。"我想成为一个大作家,玛丽亚·比拉尔。"他对我说。他已经写完了一部巨著《最明净的地区》,在写另一部巨著。但是他对政治的热情和在政治方面的才能在会议厅中、在走廊里、在所有的会议上都是显而易见的。我曾经预言,总有一天他要当墨西哥总统,我的预言可能会实现。当他在巴黎任墨西哥驻法国大使时,有一阵风言风语很多,说他可能会当外交部部长。

他明确宣布过的想当大作家的雄心已经实现了。我的预言还没有实现,但我仍然坚持。卡洛斯写小说、写散文、写剧本,并且在普林斯顿大学教文学。但是他没有也不能放弃他所持的政治态度。比如说,有一阵他向报界宣布,不支持当时的墨西哥总统埃切韦里亚就是一种历史罪行。还有几次,出于不同原因,他向《纽约时报》和其他一些重要报纸写信,揭露帝国主义的行径,并且呼吁美国、拉丁美洲和英国的知识分子支持他正在进行的事业。还有一次他采取豁出一切的大胆姿态,辞去令人羡慕的驻法国大使的职务,以抗议任命原墨西哥总统迪亚斯·奥尔达斯为驻西班牙大使。我不知道刚上台的墨西哥政府会怎么样,等着瞧吧!仅仅几天以前,我正在写这份回忆录时,正如大家所料,墨西哥革命制度党①的正式候选人以绝大多数选

---

① 墨西哥革命制度党,简写为PRI,1929年成立,1929年至2000年连续执政七十一年。

票获胜(这个名称PRI真令人难以置信)。富恩特斯另一大胆的政治态度是热情而坚决地支持古巴,多年以后,他大失所望,与古巴疏远了。这个陈旧的历史,一开始是在古巴,以后是在东欧社会主义国家,总是在左派知识分子身上重复,后来他们失望了,因为他们不能容忍缺乏自由,这是文学创作中最根本的东西。

卡洛斯还是个大大的堂璜,在征服女人方面大获成功。他有许多女友——电影女演员和话剧女演员,社会名媛和女知识分子,他和她们主演了一出出让人眼花缭乱的恋爱剧。他结过两次婚,第一次是与墨西哥女演员丽塔·马塞多。他们有一个女儿塞西莉亚,我前面提到过她。第二次是与金发的西尔维亚·莱穆斯,和她生了两个孩子,拉斐尔和娜塔莎(这个名字无疑是纪念托尔斯泰的小说人物),如今他们住在普林斯顿。我最后一次见到他是在法国,当时他还是大使。他变了很多,或者更确切地说他非常冷静。他喜欢在那个气氛亲切而舒适的客厅里接待朋友,客厅设在墨西哥使馆官邸的最上面一层,有空调设备。他更喜欢和金黄头发的妻子一起好好招待朋友(我永远忘不了作为饭后点心的彩色果汁冰淇淋,根据不同的滋味做成各种不同的形状,放在一个绝妙的糖果篮子里),而不愿意迫不得已出席正式场合。他喜欢早睡,对自己的时间非常珍惜,以便从他的外交使命中挤出一点时间来写作。

在法国,他与当时最出众的知识分子交朋友。他总是有一些很了不起的朋友:路易斯·布努埃尔、威廉·斯泰伦、约瑟夫·罗西、罗杰和多萝西·施特劳斯夫妇、玛丽亚·费利克斯、苏珊·桑塔格、诺曼·梅勒、路易丝·雷纳、巴勃罗和玛蒂尔德·聂鲁达夫妇、坎迪斯·伯根、莉莲·海尔曼、让娜·莫罗,以及好多男女朋友,亲密程度不尽相同。对有些人,他把自己的书和短篇小说献给他们,比如献给

C.赖特·米尔斯,献给布努埃尔和路易丝·雷纳。有一阵他与菲德尔·卡斯特罗关系非常好,他把自己的一本《加冕礼》带到古巴当作礼物送给他。他与著名的墨西哥画家何塞·路易斯·圭瓦斯像年轻人一样交往,很有趣,简直像酒肉朋友一样。卡洛斯总是劝人与"一对人"交朋友,这样省得吃醋,搞阴谋。我觉得他言之有理,当然他是从自身的经历中体验出来的。在墨西哥,他的才能和成就具有国际声望,这些给他招来诽谤者,引起人的仇恨。他真正的朋友最后总是成为他的维护者,对他的敌人和诽谤者开展真正的野战。现在卡洛斯离开墨西哥已经许多年了,也可能会像从前发生过的情形一样,人们已经原谅了他,原谅了他的为人和他所拥有的一切。如果他愿意回去的话,当他回去时,他将可以在那里安静生活。

马里奥·巴尔加斯·略萨也相当英俊,我在圣地亚哥的那群女朋友中有一个说,只要看到他的照片或本人,马上就会想到他横躺着的姿势。她大概没有读过他的大男子主义宣言——他在智利没有发表过,而在西班牙他可是遭到西班牙女权主义者的严正抗议。我自问,如果我的女朋友读过这些宣言,是不是还会那样想,我很怕她还会那样想。

他高高的个子,头发和眼睛是棕黑色的(现在头发开始发白),稍带一点克丘亚人的特征。马里奥几乎是十全十美,就像是全班第一名,或者是一个军事学校里守纪律的士官生。"士官生"是他年轻时的绰号,是他在利马的莱昂西奥·普拉多军事学校学习时人们给他起的,他利用在军校的经历写了他的第一本小说,也是第一本获奖作品,第一本有国际影响的书,那就是《城市与狗》。他不仅长得英俊,讨人喜欢,聪明,而且是一个多产的作家,他有规律地、不间断地推出作品。从他的第一本书《首长们》,直到最新的《世界末日之战》，马里奥没有一年不出书。他在评论界和读者中获得成功，现在又表现在另一个领域里——他的剧本《塔克纳的小姐》首演成功。

作为士官生或办事员，他工作起来很有章程，至少他在巴塞罗那时是这样的。从早晨8点到下午1点是写作，然后吃午饭，再稍微休息一下，下午3点到4点处理信件，然后与加博在一家咖啡馆里谈论一下《世界报》，再和朋友们出门，但他回家不晚，以便第二天能重复这个日程，在这之前和孩子们玩一会儿……就是这样，或差不多就是这样。这多厌烦呀，这多无聊呀！当我们和朋友们谈论起他的十全十美时这样说，可能有一点嫉妒。但是我们和他在一起时，他那热情的微笑、他的和蔼可亲使我们解除了武装。我们几乎，我们差不多可以原谅他是那样十全十美了。可是当我们知道他得了一种不太严重但是不怎么浪漫的病时，我们幸灾乐祸……真走运，他那十全十美的形象破裂了。不管怎么说，马里奥是个凡人，经不起生活中的小磨难。

是的，巴尔加斯·略萨确实很热忱，很和蔼，也许是四个人中间最平易近人的，最能忍受记者、崇拜者和大学生们纠缠的了。但是我觉得他掌握的这种热忱好像是一道屏风，使他方便地与外部世界接触，而与此同时，在这屏风后面他"作家的自我"不被触及，非常清醒，不断运转。他那十全十美的方法和制度帮助他控制着他的"魔鬼"，他完全清楚自己有这些"魔鬼"，而且把"魔鬼"管得非常好。他说他永远不服用镇静剂，怕杀死了或消除了他的"魔鬼"。对于他的写作，这些"魔鬼"是必不可少的。可我不明白，贝贝在写《污秽的夜鸟》时，怎么要服用镇静剂呢？我不明白，也不接受贝贝的解释，贝贝对我说，他服用的剂量对他来说正可以帮他从阻碍他写作的表面的苦恼中解脱出来。贝贝指出，真正的魔鬼，堪称魔鬼的东西保留在潜意识的最深层,安然无恙,在他正在写作的书中发展,它们对于镇静剂是有抗药性的。

我毫不怀疑马里奥什么时候也会成为他们国家的大使。我甚至认为,在某次特殊使命中,他已经起过这种作用了。现在,在这成为明星的时刻,他显示出叫人难以相信的充沛精力。他刚完成《世界末日之战》的任务,举行完图书首发式的旅行之后,我们又看到他在西班牙世界杯足球赛中被摄入电视镜头。作为全美洲和西班牙一系列报纸派往这次大赛的记者-通讯员,他出席每一场重要比赛。接着以评选委员会主席的身份去参加圣塞巴斯蒂安电影节,然后又回到利马,也是评选委员,但这次是国际选美比赛了。从那时候起到我写这些篇章的时刻,他又去了许多国家。先是到巴西参加一个关于他作品的讨论会,然后到乌拉圭参加他的《塔克纳的小姐》的首演式。现在他在西班牙,也是为了同一目的。足球、电影、国际选美比赛……他什么时候,几点钟写作?可是他在写作,我不知道他是不是利用现在这个时候,他可能正在度假,是很忙碌、非常忙碌的假期,排满了多种多样不同的活动,享受着文学成就给他带来的知名度和声望。

在政治上他很单纯,他依照自己的良知行事,虽然有时候这样做对自己的利益有害。他与古巴"美洲之家"的决裂就是一个例子。另一个例子是他在离巴塞罗那不远的蒙塞拉特修道院念的那封信。他支持那些在佛朗哥时期为表达政治不满而去修道院"出家修行"的朋友们,而他离开那里只是那些"出家人"再三坚持的结果,那些人为他担心,怕他因为是个外国人会被逐出国境。

超级明星马里奥,对明星的崇拜好像政治行为一样。我不知道,我不知道他是否感觉到自己被权力所吸引。我觉得从其规律来看,更可能是一种体育的姿态,一种近乎美学的姿态……一种电影明星的光彩,伴随着知识分子博学的工作和创作的欲望。

至于加西亚·马尔克斯,加博,即便他不是最复杂的,我也觉得在与人交往方面他恐怕是最难以接近的了。他的为人是胆怯和高傲,是和蔼与不礼貌,是亲切与拒绝的混合。他不像其他几个人一样在大学里做报告和讲课。有一次美国的一个大学要授给他一项奖,他接受了邀请,但附带一个条件:在为这次发奖举行的宴会上,席间与他交谈的人不得超过四个。当西班牙电视台采访西班牙语美洲最有名的作家,让他们就不同的题材发表三分钟简单的讲话时,加博拒绝了。但是另一方面他又做一些相反的、可以说意味着勇气的事情。当他离开哥伦比亚到墨西哥去寻求政治避难时,他说心中无所畏惧。此举在他的新作出版前夕被看成是一种宣传花招。我真难以相信。加西亚·马尔克斯不必玩弄什么宣传花招来推销他的书。那些书的第一版就推出了一百五十万册。它们投入市场的第一分钟就成了头版新闻。好像他的生活和他现在的活动打消了我觉得他胆怯的印象。也许胆怯的人正是由于胆怯才做出一些镇定的人或胆子大的人永远也不敢做的事情。比方说从一个国家飞往另一个国家(我已经说过他害怕坐飞机),就像他已经做过和正在做的那样,去会见国家元首、教皇、西班牙国王和别的许多人,还有菲德尔·卡斯特罗,现在他们已经是老朋友了。在法国,当他的好朋友密特朗就任总统时,他作为贵宾接受邀请。不久以前他荣获法国人十分向往的荣誉军团勋章,这个殊荣很少授予非外交人员的外国人。

他也是朋友们的一位好朋友,特别是那些老朋友,与他们保持着像在哥伦比亚年轻时的那种亲密而深厚的友谊。他的名声可想而知是全面的,而且迅速增长起来,给他带来一定影响,但是没有影响到他与大部分最早的那些朋友的关系。他最近的一本书,或者更确切地说刚出的一本有关他的书是一本谈话录,是关于神与人的谈话,以及他对许许多多问题的看法。《番石榴飘香》,绝妙的标题,该书是他的好朋友也是老朋友普利尼奥·阿普莱约·门多萨整理的,他是参加谈话的人。

今天,1982年6月29日,报纸上刊登了一则消息,证实了或者说明了我对他的评价,或者说为之添了花絮,消息来自布宜诺斯艾利斯联合通讯社,题为《加西亚·马尔克斯拒绝了安东尼·奎恩的一百万美元》。摘录如下:"没有任何知名演员能恰当地表演我书中的主人公奥雷利亚诺·布恩迪亚。对于我和我的读者来说,安东尼·奎恩用他那一百万美元永远成不了奥雷利亚诺·布恩迪亚上校。唯一能演好这个角色而不必花一分钱的人是哥伦比亚法学家、我的好朋友马里奥·拉托雷·鲁埃达。"

加博高傲地拒绝了难以拒绝的东西——一百万美元,朋友们的朋友加博把角色送给他的哥伦比亚老朋友而"不必付一分钱"……他不愿意在他的作品和观众之间有中介人:"我愿与读者之间的联系是通过阅读直接建立起来的,这样他们可以随意去想象那些人物,而不是通过从银幕上的演员那里借来的脸。"这种电影和文学的关系值得讨论,就像加西亚·马尔克斯也同样值得讨论一样。

加博是很和善的,有幽默感,不管怎么样,他还是同意和安东尼·奎恩一道去吃饭。后者很幼稚,很绝望,他以为作者拒绝百万美金是因为共产主义。

我觉得加西亚·马尔克斯最富有艺术家气质,最脆弱,最神经质,我坚定地相信,他迟早会写出另一部杰作。

《百年孤独》是他的桂冠,是他的十字架……出第二本书该有多难呀!《百年孤独》的出版产生了一种震动和惊世骇俗的效应,当时在巴塞罗那这种效应刚刚消退,小说正大大走红,但惊魂未定的加博不肯看那些不断涌现的评论。那时候,面对那本书和正在写的一本新书(我想大概是《族长的秋天》吧),他保持一种令人吃惊和感动的谦虚姿态。有一次回答我打给梅塞德斯,接电话的是他,我奇怪地问怎么是他接电话,因为我知道他每天上午都穿着蓝色工作服闭门写作,连打给他的电话都不接。他对我说:"我昨天从马德里回来,我还没有重新开始写作。我去那里是因为我觉得我的书一塌糊涂……我希望我从那里回来时会有新的看法,可现在还是觉得一塌糊涂。我还是没有从书中受到鼓舞,我想鼓鼓劲,可是没有……"当然,后来很来劲,那本书不是一塌糊涂,是一本很好的小说,据他自己以及一些评论家说,是他最好的一本书。加西亚·马尔克斯是个大疑心病患者,与卡洛斯·富恩特斯,与我丈夫贝贝以及许许多多作家一样(威廉·斯泰伦对我说过,在他的床头柜上有一部《疑心病患者字典》,为了满足疑心病患者,那里详详细细地描述了各种各样的症状)。

我们还住在马略卡时,一天下午梅塞德斯从巴塞罗那打电话给我,问我怎么样,我回答她说:"我很好,可是贝贝正犯白血病呢……""你不用担心,"她回答我,"加博头上刚刚长了肿瘤,现在好多了。"但确实,每到春天这位作家就长满了腋下疖子,这种令人很不舒服的脓肿长在胳肢窝底下很疼。每年春天都长,令人绝望。而且春天正是需要有健康胳膊的时候,他写《百年孤独》的那个春天也长了。很不舒服,比任何时候都疼,疼得他一天自言自语地说:"我要让布恩迪亚家的一个人也添点麻烦,在马孔多开始热起来的时候,让他也长腋下疖子,看会怎么样……"他果然这么做了,于是那可怜的人物也长腋下疖子。难以令人相信,但的确是真的——那种不舒服病痛的"制造者"却永远地脱离了这种病痛。这位作家再也没有长腋下疖子,可是他的那个小说人物却继续受此折磨,直到时日的终结。我不怀疑,直到那时人们还会看《百年孤独》。

我还记得他的另一个故事。好像是他在法国流亡的那几年里的事。他不得不像许多外国人一样被人家轻蔑地称为"外国佬",这使他很难受。一天下午在卡达克斯——一个很漂亮的加泰罗尼亚温泉疗养地,他和家里人在那里小住几天,当他开的车行驶到一条很狭窄的路上的时候,迎面遇到一辆雷诺汽车,由一位法国人开着,那法国人气呼呼地质问他,高声嚷着叫他让路。加西亚·马尔克斯和那个人一样有权利开车过去,他不知所措,直到从他那受到伤害的内心深处生出一条妙计,他也利索地喊:"外国佬让开!"让路的应该是他,那个法国人大吃一惊,他发觉离法国边境虽然只有十三公里,但现在他是"外国佬"了。他低着头,老老实实地倒车,给这位哥伦比亚人让路,他不知道是谁这么骂他,当面骂他外国佬,而此人自己也是个外国人。然而由于他是个拉丁美洲人,他在古老的母亲那里永远不是一个真正的外国人。

就像我认为卡洛斯·富恩特斯总有一天会当墨西哥总统一样(传言加博要被提名为他们国家的总统候选人;在智利,聂鲁达确实是总统候选人,但是为了有利于他的朋友萨尔瓦多·阿连德,他退出了),我觉得加西亚·马尔克斯会写出另一本《百年孤独》,一本《百年……》。缓慢的酝酿,就像那本书一样,十五年的加工和枯竭,但会有另一本《百年……》,另一本杰作。我觉得他的心中已经有了这本书在咬啮着他,总有一天会成功。作家加西亚·马尔克斯想把他的精髓从另一个参加轰轰烈烈的国际活动的加西亚·马尔克斯那里抽回来。普利尼奥·阿普莱约·门多萨的那本书里,加西亚·马尔克斯在访谈中说《族长的秋天》是他最好的书,几乎没怎么提《百年孤独》,为此普利尼奥问他是不是怨恨那本书。问得好,这是个难以回答的问题。

我们在墨西哥与他相识是奇琴伊察代表大会召开的那年,正值他创作枯竭期。为了维持生活他写电影剧本,并且为报刊写文章。直到有那么一天,和家里人去往阿卡普尔科的半道上,他停下汽车对梅塞德斯说了这样的话:"行了,我的书有了。我们卖掉汽车,我们会饿死,但是我要把书写出来。"果真如此,他们卖掉了汽车,他们没饿死,但是日子过得非常紧,加博写出了巨著。我记得在巴塞罗那,有一天我对他们说我要卖一副带钻石的白金耳坠子,因为我们要用钱。加博对我说:"让梅塞德斯陪你去,她做惯了这种事情,而且做得很好。"

梅塞德斯是好伙伴,好朋友,她把加博所缺的东西补充齐全,她很热情,很讨人喜欢,她不故作一本正经,而是很真诚。有一天我提议我们一起去学加泰罗尼亚语。她回答我说:"哎呀,不行,我一学习就肚子疼。"

热情的加勒比人加西亚·马尔克斯是很迷信的,他很崇敬黑人的魔法,真心实意地相信。他的生活一半归"帕瓦"管辖,这是热带的"盖塔"——意大利的厄运。加西亚·马尔克斯夫妇不仅回避它,按照礼仪驱走它,而且把他们对它的恐惧传染给别人。假发套能带来厄运,什么地方有这些东西就不能进去,如果是金色的假发套就更糟糕。最使我难过的是,孔雀羽毛最能带来厄运,由于它极美,我很喜欢它。我姐夫知道我的这种喜好,就从印度给我带来了一把孔雀羽毛做的扇子。我没有拒绝这个礼物,它太漂亮了,我们把它放在卡拉塞依特的家里一段时期。那时候我们过得不大好,我们只好怪这无辜的扇子。智利作家毛里西奥·瓦克盖兹是我们的好朋友,他说他不怕,让我们把扇子送给他。我们就送给他了,以后我们每次到他们家都恋恋不舍地看上几眼。突然,我们看不见那扇子了……出版社退回了他的小说,但是后来出版了,很成功,那是《面对一个武装的人》,他早已一把火烧掉了孔雀羽毛,一下子结束了它闪闪发光的妖术。

胡利奥·科塔萨尔是我最不熟悉的一个。但是从文学上来说,是我最早认识的一个。1959年和1960年在布宜诺斯艾利斯,我所在的大学里有一位专门研究他的大专门家安娜·玛丽亚·巴雷内切亚,在她的课上我起劲地学着。她的热情感染了我,以至于我把科塔萨尔的书带到圣地亚哥,当作很特殊的礼物送给贝贝。

从外表看上去他很英俊,很高的个子,栗色的大胡子,他的眼睛是天蓝色的,他的衬衫、手帕和毛衣都是同一种色调,显得很突出,使人不由得欣赏不已。他很容易就被攻破了,那年夏天在赛尼翁我们指出这一点时,他觉得有点不自在,羞红了脸。

结婚之前我在阿根廷生活了七年,在那里我了解并学会了热爱那里的人民。我学会了热爱阿根廷人胜过爱拉丁美洲任何其他国家的人。他们果断,聪明,真诚,对自己有信心。在我们这个大洲很少有人能免去优柔寡断,犹豫不决,过分斯文,这是我们各民族的特点。可是阿根廷人科塔萨尔——他现在是法国人了,他是那么斯文,那么有教养。真是太过分了(在赛尼翁吃那顿午饭时,他把他刚刚认识的新来的贝贝安排坐在乌格内的身边;还有在巴黎,在他那宽敞的楼房里第二次见到我们时,为了表示欢迎我们,他把胳膊张得大大的,我觉得他的礼貌近乎礼节性)。但是我对他了解得很少,除去这些表面印象、表面的礼貌以外,我很少能再补充什么,而他的一些老朋友、一些亲近的朋友也证实了我的印象。

我觉得科塔萨尔也有所保留,他也像巴尔加斯·略萨一样藏身在和蔼与礼貌的屏风后面,但是大大胜过马里奥。马里奥尚能接受一定程度的亲密,据说科塔萨尔既不接受亲切,也不给予亲切。他的朋友们热爱他、崇敬他,是出于许多其他的可贵品质。他们对我说,遇到困难时从来不找他。他们之间从来不谈他们的问题。不讲自己的问题,也不讲胡利奥的问题。他也不把自己的问题托付给这些人。比方说,我记得马里奥·巴尔加斯·略萨和科塔萨尔,那一年两人凑巧都到希腊去参加一个翻译工作者代表大会,人家给我讲过一件事——那时候胡利奥和奥罗拉·贝纳德斯是夫妻。马里奥很欣赏科塔萨尔,后来欣赏他们夫妻俩。在雅典的日子他们是一起度过的。他们在旅馆一道吃早餐,一块儿去参加大会,一块儿吃午饭,一块儿在城里散步,一块儿去看电影。由于胡利奥夫妇聪明,有文化素养,团结一致,他们确实是一对模范夫妻,令人尊敬。"奥罗拉说完胡利奥开始讲的句子……"马里奥激动地评议道。马里奥比科塔萨尔晚几天回到巴黎,他很吃惊地听说这一对夫妇分离了。在雅典他们亲密无间的日子里,就像福特·马多克斯·福特《好兵》里的那对夫妇一样,他和她都没有露出一点风来。

科塔萨尔在政治上很热情,就像那些戴着护眼罩的马一样,只看前面的那一条路。有一次翻译他作品的女译者从布拉格来到波兰,她在布拉格目睹了苏联坦克开进城,她很痛心地谈起这件事。他不肯听她的,他对她说,他为了"能够生活",必须保持纯洁的革命信仰。他继续写作。从那时起他又出了好几本书,虽然没有一本可以和《跳房子》媲美。

其他的事我就再也不知道了。关系和往来通信减少了,富恩特斯不再按时寄信来讲"文学爆炸"那群人的工作和他们有何作为的消息。"文学爆炸"已不再是"文学爆炸"了,既不是一群人,又不是共同的行动,也不是朋友的聚会了。是一些上了年纪的先生,每个人在不同的国家自己的书房里各自写自己的书,各自念别人的书。尽管这样,诽谤者们、读者和教授们继续这么称呼,有时候是为了方便,有时候是为了整理的需要。重要的是大家都在继续写作,继续出书,不是最后的书。接踵而来的是更年轻的作家,他们使西班牙语美洲的文学活动保持生机。智利的毛里西奥·瓦克盖兹,阿根廷的古迪尼奥·吉耶菲尔和豪尔赫·阿西斯,古巴的雷纳尔多·阿雷纳斯,这些是贝贝提到过的和我知道的。肯定还有更多我们不知道的和不知他们消息的。我们几乎回到了一开头的孤独……毫无问题,虽然没有十年前高潮时期热气腾腾的交往,可也绝不是从前年代的那种冷漠的一无所知——那时候全西班牙语美洲都在读福克纳的作品,很少有人知道博尔赫斯。

我认为贝贝发表《"文学爆炸"亲历记》十年之后,"文学爆炸"已不再是"文学爆炸",是更多的东西:是一部巨大的作品,永恒的作品,它在世界文学史上已经占有一定地位。

"文学爆炸"的顶峰!……"文学爆炸"的结局!……
"文学爆炸"的复苏!……

哥伦比亚作家加夫列尔·加西亚·马尔克斯荣获1982年诺贝尔文学奖。

在我快要写完《"文学爆炸"的家长里短》时,就已经知道他和马里奥·巴尔加斯·略萨进入这个幸运奖的候选人名单了。人们谈到他们和另外一些人,其中一再坚持提到"大众拥戴的诺贝尔奖得主豪尔赫·路易斯·博尔赫斯"。已经好些年了,这个名字重复了一次又一次,总认为是候选人的头一名,可是最后得奖的总是另外一个人。甚至加西亚·马尔克斯本人也这样评论,这样呼吁。智利所有会见过这位作家的人都这样做,世界上其他地方几乎所有的作家也都发表自己的看法。博尔赫斯微笑着,他说:"有一条斯堪的纳维亚的老规矩,那就是别把诺贝尔奖授给豪尔赫·路易斯·博尔赫斯。"流言蜚语总是不断的,说这个不祥的"规矩"归咎于一位名叫伦德克维斯特的教授,说他除了是个学者以外,还是一个伪善的政治家。出于政治原因——博尔赫斯属于右,而他属于左,他曾发过誓,说只要他活着,就绝不把这项奖授予这位阿根廷天才。博尔赫斯是一位那么伟大的作家,他可以像萨特那样摆得起谱来拒绝,不要领这份诺贝尔奖,但他不是坦率而潇洒地拒绝,而是非常想得到它。

加夫列尔·加西亚·马尔克斯荣获诺贝尔文学奖!这对博尔赫斯来说很遗憾。但是这个奖发得好,这是世界性的几乎一致的裁决。他和马里奥·巴尔加斯·略萨并驾齐驱,但是还有距离,这是两个人有分寸地宣布的。他们是老对手,在诺贝尔奖面前又成了新对手。由于一个人得奖,不说把另一个人淘汰了,至少也使他往后了。因为明摆着,瑞典皇家学院实行的政策是短时期之内不再次把奖授给来自同一地区的人。

1982年的诺贝尔奖,这一年出了《世界末日之战》和《一桩事先张扬的凶杀案》。衡量优劣的标准是什么?是这位哥伦比亚人故事的异国情调吸引人吗?是政治吗?又是政治……加西亚·马尔克斯总是坚决地站在菲德尔一边。巴尔加斯·略萨保持距离……或者简单一些,只是由于承认加西亚·马尔克斯这部作品的瑞典皇家学院的人占了大多数？他们两人都配得这个奖。我毫不怀疑,虽然晚一点,总有一天会轮到马里奥。此时,加博在全世界走动,受到庆贺,得到宠爱,宣布他正在准备一部新小说,一个圆满的爱情故事。

在斯德哥尔摩,获得桂冠的小说家宣布他不穿领奖仪式要求的燕尾服。12月10日在音乐厅,他以胆怯之人的典型表情,穿了一件白色的黎吉黎吉,与其他参加仪式的领奖人的清一色形成鲜明对照,使他的形象非常突出。黎吉黎吉是加勒比地区的一种典型上衣,与其说是城市的还不如说是农村的服装,有时候一些大人物穿上这种服装以显示他们在政治上的左倾,尽管常常用闪闪发光的金纽扣来扣衬衫。这种有个怪名字的衣服对北方冬天的温度当然不会是最适合的。毫无疑问,加博会觉得冷,但是他成了与会者以及电视屏幕前全世界观众注目的中心。他那么害怕,那么回避和拒绝的事发生了,但他还是挑战了。

我记得美国作家万斯·布尔哈利说过:"我们一辈子都在想法成名,可是成名以后,又叫人把我们的名字从电话簿上去掉。"

与会者中间有他的妻子梅塞德斯,她微笑着,非常高兴。她穿着一件缎子连衣裙,领子开口很大,镶着天鹅绒葡萄叶。她身边坐着他们的小儿子贡萨洛,他感到很骄傲。大儿子罗德里戈不能参加仪式,因为正在墨西哥工作,在巴西导演鲁伊·格拉的手下,在波托西城拍摄以他父亲的小说改编的电影《埃伦迪拉》。

在皇宫举行的宴会上,加西亚·马尔克斯攻击礼仪规则,他穿了一件一尘不染的礼服。在他的讲话中时而谈政治时而谈文学。在授奖的那天晚上,他想用很少的、非常美的话来为诗歌下定义。两天以前,3月8日上午,他在斯德哥尔摩交易所的大厦里挤得满满的瑞典皇家学院成员和几百名来宾面前讲了半小时,他的演讲谈到了拉丁美洲,人们认为他真是才华横溢,给了长时间的掌声。结束时,他倡议建立一个"生活中的荡涤旧世界的乌托邦,那里将不再有人为别人规定一切,包括怎样去死,在那里将有实实在在的爱,将有可能创造幸福,命中注定要经受百年孤独的家族终将享有,并且永远享有第二次居留在地球上的权利"。

那些日子的热闹过后,他在记者招待会上宣布获得诺贝尔文学奖是场灾难,因为这剥夺了他的私生活。他谈到了出名的孤独,不无道理。出名的孤独只能与失败的孤独匹敌。平庸是极大的真正的诱惑。平庸可以意味着宁静与和平,但是也可以意味着令人窒息的失落的悲哀,加西亚·马尔克斯选择了名望,选择了成就,他像个行家似的玩着这个花样,同时也对他永远不能复得的那种宁静充满怀念,我肯定,这种宁静会使他忍受不了。

弥尔顿说:"荣耀是一个头脑聪明之人的最后一个弱点!"我能懂得这一点。

附　录

A

阿本斯,阿拉贝拉(女) （1940—1965）,危地马拉演员、总统哈科沃·阿本斯(1951年至1954年在任)的女儿。

阿尔特,罗伯托 （1900—1942）,德裔阿根廷作家。

阿尔瓦雷斯·加德亚萨瓦尔,古斯塔沃 （1945— ）,哥伦比亚作家。

阿格达斯,何塞·玛利亚 （1911—1969）,秘鲁小说家。

阿古斯丁,何塞 （1944— ）,墨西哥作家。

阿吉雷,玛加丽塔(女) （1925—2003）,智利作家、文学评论家,她与巴勃罗·聂鲁达关系良好,也是第一位为聂鲁达作传的作家,主要作品有《贵宾》等。

阿拉瓦尔,费尔南多 （1932— ）,西班牙剧作家。

阿莱格里亚,费尔南多 （1918—2005）,智利作家、文学评论家。

阿莱格里亚,克拉利维尔(女) （1924—2018）,原名克拉拉·

伊莎贝尔·阿莱格里亚·比德斯,尼加拉瓜-萨尔瓦多诗人。

阿莱格里亚,西罗 (1909—1967),秘鲁小说家,主要作品有《广漠的世界》等。

阿雷纳斯,布劳略 (1913—1988),智利小说家、诗人。

阿雷纳斯,雷纳尔多 (1943—1990),古巴作家,主要作品有《迷幻的世界》等。

阿连德,萨尔瓦多 (1908—1973),1970年至1973年任智利总统。

阿连德,伊莎贝尔(女) (1942—),智利作家。

阿洛内 (1891—1984),真名埃尔南·迪亚斯·阿列塔,智利作家、文学评论家。

阿斯图里亚斯,米格尔·安赫尔 (1899—1974),危地马拉小说家,1967年获诺贝尔文学奖,主要作品有《总统先生》《玉米人》等。

阿苏亚,费利克斯·德 (1944—),西班牙作家。

阿索林 (1873—1967),原名何塞·马丁内斯·鲁伊斯,西班牙作家,"98年一代"代表人物。

阿西涅加斯,赫尔曼 (1900—1999),哥伦比亚作家、历史学家。

阿西斯,豪尔赫 (1946—),阿根廷作家,主要作品有《从基尔梅斯花园偷采的花朵》等。

埃查圭,佩德罗 (1828—1889),阿根廷作家。

爱德华兹,豪尔赫 (1931—),智利小说家,主要作品有《院子》等。

埃尔南德斯,何塞 (1834—1886),阿根廷诗人,长篇叙事诗

《马丁·菲耶罗》的作者。

埃尔南德斯,胡安·何塞 （1931—2007）,阿根廷作家。

埃科,翁贝托 （1932—2016）,意大利小说家、历史学家、哲学家。

埃拉尔德,贡萨洛 （1949— ）西班牙电影导演。

埃拉尔德,豪尔赫 （1935— ）,西班牙作家、阿那格拉马出版社创始人。

埃利松多,萨尔瓦多 （1932—2006）,墨西哥作家。

艾略特,托马斯·斯特尔那斯 （1888—1965）,通称为 T. S. 艾略特,英国诗人、文学评论家,1948 年获诺贝尔文学奖。

埃马尔,胡安 （1893—1964）,智利作家、画家。

埃切韦里亚,阿方索 （1922—1969）,智利诗人、小说家。

埃切韦里亚,路易斯 （1922— ）,1970 年至 1976 年任墨西哥总统。

埃斯皮诺萨,恩里克 （1898—1987）,真名萨穆埃尔·格鲁斯伯格,作家,生于基希讷乌,后长期在阿根廷和智利生活,创办了著名文学杂志《巴别塔》。

安图内斯,内梅西奥 （1918—1993）,智利画家,卡门·席尔瓦是他的学生。

奥德里亚,曼努埃尔 （1896—1974）,秘鲁将军、政治家,1948 年至 1956 年任秘鲁总统。

奥尔非,埃尔维拉（女） （1922—2018）,阿根廷作家。

奥尔菲拉,阿尔纳尔多 （1897—1998）,墨西哥出版人。

奥坎波,维多利亚（女） （1890—1979）阿根廷作家,重要文学杂志《南方》的发行人,被博尔赫斯称为"最阿根廷的女人"。

奥雷戈,卡门(女) (1925—2018),智利诗人。

奥雷戈·萨拉斯,胡安 (1919—2019),智利作曲家。

奥内蒂,胡安·卡洛斯 (1909—1994),乌拉圭小说家,主要作品有《造船厂》等。

奥尼斯,哈里特·德 (1899—1969),美国翻译家,主要翻译拉美文学作品。

奥维多,何塞·米盖尔 (1934—2019),秘鲁文学评论家。

奥约斯,基蒂·德(女) (1941—1999),墨西哥演员。

B

巴尔德斯,埃尔南 (1934—),智利作家。

巴尔迪维索,梅塞德斯(女) (1924—1993),智利作家。

巴尔加斯·略萨,马里奥 (1936—),秘鲁-西班牙小说家,2010年获诺贝尔文学奖,主要作品有《酒吧长谈》《城市与狗》《绿房子》《胡利娅姨妈与作家》等。

巴尔塞尔斯,卡门(女) (1930—2015),著名西班牙语文学代理人,将巴尔加斯·略萨、加西亚·马尔克斯、何塞·多诺索等拉美作家推向全世界。

巴尔托克,贝拉 (1881—1945),匈牙利钢琴家、民族音乐研究家和作曲家。

巴克斯特,莱昂 (1866—1924),俄国艺术家,曾彻底改革了舞台布景和戏装设计。

巴拉尔,卡洛斯 (1928—1989),西班牙诗人。与维克托·塞依克斯一道创立了塞依克斯巴拉尔出版社,推动了拉美"文学爆炸"

时期的作家和作品在西班牙的传播。

巴雷阿,阿图罗 （1897—1957）,西班牙小说家。

巴雷内切亚,安娜·玛丽亚(女) （1913—2010）,阿根廷作家、文学评论家。

巴里奥斯,爱德华多 （1884—1963）,智利小说家。

巴列霍,塞萨尔 （1892—1938）,秘鲁诗人。

巴罗哈,皮奥 （1872—1956）,西班牙小说,"98年一代"代表人物。

巴思,约翰 （1930—   ）,美国小说家。

鲍德温,詹姆斯 （1924—1987）,美国作家、社会活动家,美国黑人文学代表人物。

鲍林,莱纳斯 （1901—1994）,美国化学家。1954年获诺贝尔化学奖,1962年获诺贝尔和平奖。

鲍姆,维基(女) （1888—1960）,奥地利作家。主要作品有《大旅社》等。

贝尔,昆廷 （1910—1996）,英国作家、艺术史学家。

贝尔加拉,何塞·曼努埃尔 （1929—   ）,智利小说家。

贝莱斯,卢佩(女) （1908—1944）,墨西哥演员、好莱坞影星。

贝纳德斯,奥罗拉(女) （1920—2014）,阿根廷翻译家。

贝内德蒂,马里奥 （1920—2009）,乌拉圭小说家。

贝内特,胡安 （1927—1993）,西班牙作家。

比安科,何塞(贝贝) （1908—1986）,阿根廷作家、翻译家。

比奥伊·卡萨雷斯,阿道夫 （1914—1999）,阿根廷小说家。

比拉内西,乔万尼·巴蒂斯塔 （1720—1778）,意大利建筑师雕塑家。

比尼亚斯,戴维 （1927—2011）,阿根廷小说家、剧作家、文学评论家。

波鲁瓦,弗朗西斯科(帕科) （1922—2014）,阿根廷翻译家、编辑。

波梅斯,莱奥波尔多 （1931—2019）,西班牙报刊撰稿人、摄影师。

波塞尔,巴尔塔萨 （1937—2009）,西班牙作家。

波特,科尔 （1891—1964）,美国音乐家。

博尔赫斯,豪尔赫·路易斯 （1899—1986）,阿根廷诗人、小说家,主要作品有《阿莱夫》《小径分岔的花园》等。

博菲尔,里卡丁 （1939— ）,西班牙建筑师。

伯根,坎迪斯(女) （1946— ）,美国演员。

博伊加斯,奥里奥尔 （1925— ）,西班牙建筑师、城市规划师。

博伊斯卢夫莱依,阿尔维娜·德(女) （1941— ）,法国记者,后来成为全球慈善家。

布尔哈利,万斯 （1922—2010）,美国小说家。

布尔利齐,席尔维娜(女) （1915—1990）,阿根廷小说家、编剧。

布拉斯科·伊巴涅斯,比森特 （1867—1928）,西班牙小说家,主要作品有《茅屋》《血与沙》等。

布拉托维奇,米奥德拉格 （1930—1991）,塞尔维亚作家。

布莱斯·埃切尼克,阿尔弗雷多 （1939— ）,秘鲁作家。

布莱希特,贝托尔特 （1898—1956）,德国戏剧家、诗人。

布鲁内特,玛尔塔(女) （1897—1967）,智利作家。

布洛赫,赫尔曼 (1886—1951),奥地利作家。

布努埃尔,路易斯 (1900—1983),西班牙著名电影导演,内战后流亡墨西哥,主要作品有《一条安达鲁狗》等。

布西,奥滕西亚(女) (1914—2009),教师、萨尔瓦多·阿连德的妻子。

C

查塞尔,罗莎(女) (1898—1994),西班牙作家,内战后长期流亡在外。

茨威格,斯蒂芬 (1881—1942),奥地利小说家、传记作家。

D

达尔马,奥古斯托 (1882—1950),原名奥古斯托·戈埃米内·汤姆森,智利小说家。

达雷尔,劳伦斯 (1912—1990),英国作家。

达利,萨尔瓦多 (1904—1989),西班牙超现实主义画家。

达里奥,鲁文 (1867—1916),尼加拉瓜作家,拉美现代主义诗歌最重要的代表人物。

德尔里奥,多洛雷斯(女) (1904—1983),墨西哥演员。

德尔帕索,费尔南多 (1935—2018),墨西哥作家。主要作品有《墨西哥的帕利努洛》。

德加,埃德加 (1834—1917),法国印象派画家。

德利维斯,米格尔 (1920—2010),西班牙小说家、记者。

迪亚斯·奥尔达斯,古斯塔沃 （1911—1979）,1964 年至 1970 年任墨西哥总统。1977 年被任命为墨西哥驻西班牙大使,仅上任十一天就放弃了该职位。

迭斯-卡内多,华金 （1917—1999）,墨西哥著名出版人,被许多同行与作家称为墨西哥出版领域的"最后一位吉诃德"。1962 年,他以笔名华金·莫尔蒂斯创立了同名出版社。

多德勒尔,赫尔米托·封 （1896—1966）,奥地利小说家。

多诺索,何塞（贝贝） （1924—1996）,智利小说家、本书作者,主要作品有《加冕礼》《污秽的夜鸟》《别墅》《旁边的花园》《没有界限的地方》等。

多斯·帕索斯,约翰 （1896—1970）,美国小说家。

F

法伊弗,朱尔斯 （1929— ）,美国作家、漫画家。主要作品有《色鬼哈里》等。

菲格罗亚·加夫列尔 （1907—1997）,墨西哥电影摄影师,也为好莱坞工作。

费尔南德斯,马塞多尼奥 （1874—1952）,阿根廷作家、哲学家。

费尔南德斯·雷塔马尔,罗伯托 （1930—2019）,古巴诗人、散文家。

费利克斯,恩里克·阿尔瓦雷斯 （1934—1996）,墨西哥演员。

费利克斯,玛丽亚（女） （1914—2002）,墨西哥演员、歌手,恩里克·阿尔瓦雷斯·费利克斯的母亲。

冯内古特,库尔特　(1922—2007),美国黑色幽默文学代表作家。

福尔斯,约翰　(1926—2005),英国小说家。

福克纳,威廉　(1897—1962),美国作家,1949年获诺贝尔文学奖。

弗朗基,卡洛斯　(1921—2010),古巴诗人。

弗雷·萨米　(1937—2019),犹太裔法国演员。

弗里施,马克斯　(1911—1991),瑞士德语作家、建筑师。

福斯特,爱德华·摩根　(1879—1970),通称为E. M.福斯特,英国小说家、文学评论家。

富恩特斯,卡洛斯　(1928—2012),墨西哥小说家,主要作品有《阿尔特米奥·克罗斯之死》《最明净的地区》《奥拉》《换皮》《神圣的地区》等。

G

冈萨雷斯,费利佩　(1942—　),1982年至1996年间任西班牙首相。

冈萨雷斯·贝拉,何塞·桑托斯　(1897—1970),智利小说家。

冈萨雷斯·莱昂,阿德里亚诺　(1931—2008),委内瑞拉小说家,主要作品有《便携式国家》等。

戈迪默,纳丁(女)　(1923—2014),南非作家,1991年获诺贝尔文学奖。

戈尔丁,威廉　(1911—1993),英国小说家、诗人,1983年获诺贝尔文学奖。

戈伊蒂索洛,何塞·阿古斯丁 (1928—1999),西班牙诗人,他的两个弟弟胡安和路易斯同样从事文学创作。

戈伊蒂索洛,胡安 (1931—2017),西班牙作家,他的哥哥何塞·阿古斯丁和弟弟路易斯同样从事文学创作。

戈伊蒂索洛,路易斯 (1935—),西班牙作家,他的两位哥哥何塞·阿古斯丁和胡安同样从事文学创作。

格拉斯,君特 (1927—2015),德国作家,1999年获诺贝尔文学奖。

古韦,罗曼 (1934—),西班牙作家、电影研究专家。

瓜亚萨明,奥斯瓦尔多 (1919—1999),厄瓜多尔画家。

圭瓦斯,何塞·路易斯 (1934—2017),墨西哥艺术家。

H

哈斯,路易斯 (1936—),智利作家,主要作品有《我们的作家》等。

海尔曼,莉莲(女) (1905—1984),美国剧作家。

海尔特内,玛丽亚·埃莱娜(女) (1932—2013),智利作家、演员。

海依雷芒斯,路易斯·阿尔韦托 (1928—1964),智利小说家、演员。

洪盖雷斯,爱德华多 (1918—2000),阿根廷画家。

胡拉多,阿莉西亚(女) (1922—2011),阿根廷作家、学者。

霍多罗夫斯基,亚历杭德罗 (1929—),智利作家、电影导演。

J

吉多,贝亚特里斯(女) (1924—1988),阿根廷小说家、编剧。

吉拉尔德斯,里卡多 (1886—1927),阿根廷诗人、小说家,主要作品有《堂塞贡多·松布拉》。

吉利,阿尔韦托 (1919—1991),阿根廷诗人。

吉斯卡尔·德斯坦,瓦莱利 (1926—2020),法国政治家,1974年至1981年任法国总统。

吉耶菲尔,古迪尼奥 (1935—2002),阿根廷作家、记者。

加利亚多,萨拉(萨利塔)(女) (1931—1988),阿根廷作家。

加列戈斯,罗慕洛 (1884—1969),委内瑞拉小说家,主要作品有《堂娜芭芭拉》等。

加门迪亚,萨尔瓦多 (1928—2001),委内瑞拉小说家。

加缪,阿尔贝 (1913—1960),法国哲学家、文学家,1957年获诺贝尔文学奖。

加西亚·奥特拉诺,胡安 (1928—1992),西班牙作家。

加西亚·马尔克斯,加夫列尔 (1927—2014),哥伦比亚小说家,1982年获诺贝尔文学奖,主要作品有《百年孤独》《没有人给他写信的上校》等。

贾科尼,克劳迪奥 (1927—2007),智利作家,"50年一代"标志性人物。

K

卡波特,杜鲁门 （1924—1984），美国小说家。

卡尔维利斯,乌格内（女） （1935—2002），立陶宛作家、文学评论家。

卡尔维诺,伊塔洛 （1923—1985），意大利作家。

卡夫卡,弗朗茨 （1883—1924），奥地利小说家，被誉为西方现代派文学的主要奠基人之一。

卡夫雷拉·因方特,吉列尔莫 （1929—2005），古巴小说家，主要作品有《三只悲伤的老虎》等。

卡蒙那,达里奥 （1911—1976），西班牙画家、艺术评论家、记者。西班牙内战后曾长期流亡智利。

卡内蒂,埃利亚斯 （1905—1994），德语作家，1981年获诺贝尔文学奖。

卡彭铁尔,阿莱霍 （1904—1980），古巴小说家、音乐理论家，主要作品有《消逝的脚步》等。

卡萨雷斯,玛丽亚（女） （1922—1996），西班牙-法国演员。

卡斯特利亚诺斯,罗萨里奥（女） （1925—1974），墨西哥诗人、小说家。

卡斯特列特,何塞普·玛利亚 （1926—2014），西班牙作家、文学评论家。

卡斯特罗,菲德尔 （1926—2016），古巴革命家、政治家。

卡西戈利,阿曼多 （1928—1988），智利小说家。

凯鲁亚克,杰克 （1922—1969），美国小说家，"垮掉的一代"代表人物。

康拉德,约瑟夫 （1857—1924）,英国小说家。

康斯坦特,苏珊娜(女) （1944— ）,阿根廷作家。

科尔东,贝尔纳多 （1915—2002）,阿根廷作家。

科利亚索斯,奥斯卡 （1942—2015）,哥伦比亚作家、记者。

科苏特,拉约什 （1802—1894）,匈牙利民族英雄。

科塔萨尔,胡利奥 （1914—1984）,阿根廷作家,主要作品有《跳房子》《中奖彩票》等。

克里斯蒂,阿加莎(女) （1890—1976）,英国著名推理小说家。

克罗塔斯,萨尔瓦多 （1938— ）,西班牙文学评论家。

孔查,埃德蒙多 （1918—1998）,智利散文家、文学评论家。

库斯特,阿尔韦托 （1940—2010）,阿根廷作家、记者。

奎恩,安东尼 （1915—2001）,墨西哥出生的美国演员。

L

拉弗尔卡德,恩里克 （1927—2019）,智利作家。

拉马,安赫尔 （1926—1983）,乌拉圭文学评论家。

拉斯金,吉恩 （1909—2004）,美国作家、音乐家。

拉索,海梅 （1926—1969）,智利作家。

拉托雷,马里亚诺 （1886—1955）,智利小说家,他的家族来自西班牙巴斯克地区。

莱迦斯,罗莎(女) （1933— ）,西班牙作家、出版人。

莱穆斯,西尔维娅(女) （1945— ）,墨西哥记者。

莱涅罗,比森特 （1933—2014）,墨西哥小说家、剧作家,主要作品有《泥瓦匠》等。

莱萨马·利马,何塞 （1910—1976）,古巴小说家、诗人,主要作品有《天堂》等。

莱特·米尔斯,查尔斯 （1916—1962）,美国社会学家。

莱辛,多丽丝(女) （1919—2013）,英国作家,2007年获诺贝尔文学奖。

兰赫,诺拉(女) （1905—1972）,阿根廷作家。

兰佩杜萨,朱塞佩·托马西·迪 （1896—1957）,意大利作家。

劳伦斯,戴维·赫伯特 （1885—1930）,一般称为D. H. 劳伦斯,英国作家。

雷纳,路易丝(女) （1910—2014）,生于德国的美国演员。

里德,阿拉斯泰尔 （1926—2014）,苏格兰诗人、拉美文学专家。

里尔克,赖内·马利亚 （1875—1926）,奥地利诗人。

里韦依罗,胡利奥·拉蒙 （1929—1994）,秘鲁小说家。

利普斯坦因,阿图罗 （1943— ）,墨西哥电影导演。

刘易斯,奥斯卡 （1914—1970）,美国人类学家,主要作品有《桑切斯的孩子们》等。

伦德克维斯特,阿图尔 （1906—1991）,瑞典作家、文学评论家。

罗布-格里耶,阿兰 （1922—2008）,二十世纪五十年代法国"反小说"代表作家和主要理论家。

罗查,格劳贝尔 （1939—1981）,巴西电影导演、编剧。

罗德里格斯·莫内加尔,埃米尔 （1921—1985）,乌拉圭文学评论家、编辑。

罗哈斯,贡萨洛 (1916—2011),智利诗人,拉美先锋派文学代表人物。

罗哈斯,曼努埃尔 (1896—1973),智利小说家。

罗森,罗伯特 (1908—1966),美国电影导演、编剧。

罗沃尔特,恩斯特 (1887—1960),德国出版人,1908年创办罗沃尔特出版社。

罗西,约瑟夫 (1909—1984),美国电影导演。

罗亚·巴斯托斯,奥古斯托 (1917—2005),巴拉圭小说家、诗人。

洛克菲勒,罗德曼 (1932—2000),美国企业家。

卢卡奇,格奥尔格 (1885—1971),匈牙利哲学家、文学评论家、美学家。

鲁尔福,胡安 (1917—1986),墨西哥小说家,主要作品有《烈火中的平原》《佩德罗·巴拉莫》等。

M

马丁内斯·埃斯特拉达,埃塞基耶尔 (1895—1964),阿根廷小说家、文学评论家。

马丁内斯·莫雷诺,卡洛斯 (1917—1986),乌拉圭小说家、律师、记者,主要作品有《伴随着曙光》等。

马多克斯·福特,福特 (1873—1939),英国小说家。

马尔罗,安德烈 (1901—1976),法国小说家、艺术理论家,曾任法国文化部部长。

马雷查尔,莱奥波尔多 (1900—1970),阿根廷作家。

马列亚,爱德华多 (1903—1982),阿根廷小说家、散文家,主要作品有《宁静的海湾》等。

马瑙特,胡安·何塞 (1919—2013),阿根廷作家。

马塞多,丽塔(女) (1925—1993),墨西哥著名演员。

马特·亚历山德里,埃斯黛尔(女) (1920—1997),智利诗人。

马图特,安娜·玛丽亚(女) (1925—2014),西班牙小说家,主要作品有《最初的回忆》等。

曼,托马斯 (1875—1955),德国作家,1929年获诺贝尔文学奖。

芒迪亚格斯,安德烈·皮埃尔·德 (1909—1991),法国作家。

梅勒,诺曼 (1923—2007),美国作家。

梅洛,悌亚戈·德 (1926—),巴西诗人、翻译家。

门多萨,普利尼奥·阿普莱约 (1932—),哥伦比亚作家、记者。

蒙特罗索,奥古斯托 (1921—2003),也称蒂托·蒙特罗索,危地马拉小说家。

米勒,亨利 (1891—1980),美国作家。

米罗,加夫列尔 (1879—1930),西班牙小说家。

密特朗,弗朗索瓦 (1916—1996),法国政治家,1981年至1995年任法国总统。

默多克,艾丽丝(女) (1919—1999),英国小说家、哲学家。

莫拉,比阿特丽斯·德(女) (1939—),巴西出版人,她创办了著名的西班牙图斯盖茨出版社。

莫拉维亚,阿尔贝托 (1907—1990),意大利小说家。

莫兰黛,艾尔莎(女) (1912—1985),意大利小说家。

莫雷诺-杜兰,拉斐尔·温贝托 （1945—2005）,哥伦比亚作家。

莫里亚克,弗朗索瓦 （1885—1970）,法国作家,1952年获诺贝尔文学奖。

莫罗·让娜（女） （1928—2017）,法国演员。

穆雷那,埃克托尔·阿尔贝托 （1923—1975）,原名埃克托尔·阿尔贝托·阿尔瓦雷斯,阿根廷作家、翻译家。

穆尼奥斯·舒阿伊,里卡多 （1917—1997）,西班牙电影导演、编剧。

穆齐尔,罗伯特 （1880—1942）,奥地利小说家。

穆奇尼克,马里奥 （1931— ）,阿根廷编辑。

穆希卡·莱内斯,曼努埃尔 （1910—1984）,阿根廷小说家、艺术评论家,主要作品有《博马尔索》等。

N

聂鲁达,巴勃罗 （1904—1973）,智利诗人,1971年获诺贝尔文学奖。

努涅斯·德尔普拉多,尼尔达（女） （1912—1980）,玻利维亚银器工艺师,她的父亲和姐姐都是著名的艺术家。

诺夫,艾尔弗雷德 （1892—1984）,美国著名出版人。

P

帕迪利亚,埃韦尔托 （1932—2000）,古巴诗人,以讽刺与抒情结合见长。

帕拉,尼卡诺尔 （1914—2018）,智利诗人、数学家、物理学家,以"反诗歌"闻名。

帕拉苏埃洛斯,胡安·阿古斯丁 （1936—1969）,智利小说家。

帕切科,何塞·埃米利奥 （1939—2014）,墨西哥诗人、小说家。

帕斯,奥克塔维奥 （1914—1998）,墨西哥诗人、散文家,1990年获诺贝尔文学奖。

帕韦泽,切萨雷 （1908—1950）,意大利小说家、诗人、文学评论家和翻译家。

佩雷斯·德阿亚拉,拉蒙 （1880—1962）,西班牙作家。

佩雷斯·加尔多斯,贝尼托 （1843—1920）,西班牙小说家,主要作品有《被剥夺遗产的女人》等。

皮托尔,塞尔希奥 （1933—2018）,墨西哥作家、翻译家。

皮亚扎,路易斯·吉列尔莫 （1922—2007）,阿根廷小说家,主要作品有《黑手党》等。

平图里乔 （1454—1513）,意大利画家。

珀迪,詹姆斯 （1914—2009）,美国小说家。

普鲁斯特,马塞尔 （1871—1922）,法国意识流作家。

普伊格,曼努埃尔 （1932—1990）,阿根廷小说家,主要作品有《丽塔·海沃思的背叛》等。

普佐,马里奥 （1920—1999）,美国畅销小说家、编剧。

Q

乔卡诺,桑托斯 (1875—1934),秘鲁诗人。

乔伊斯,詹姆斯 (1882—1941),爱尔兰作家,其小说《尤利西斯》是意识流文学的代表作。

琼斯,詹姆斯 (1921—1977),美国小说家。

S

萨恩斯,达尔米罗 (1926—2016),阿根廷作家、编剧。

萨尔图依,塞韦罗 (1937—1993),古巴作家。

萨拉萨尔·邦迪,塞瓦斯蒂安 (1924—1965),秘鲁作家。

萨特,让-保罗 (1905—1980),法国文学家、哲学家,1964年获诺贝尔文学奖,但是他拒绝接受。

萨瓦托,埃内斯托 (1911—2011),阿根廷小说家,主要作品有《英雄与坟墓》《隧道》等。

赛恩斯,古斯塔沃 (1940—2015),墨西哥小说家。

塞拉,卡米洛·何塞 (1916—2002),西班牙作家,1989年获诺贝尔文学奖,主要作品有《蜂巢》等。

塞拉诺,玛丽亚·比拉尔(女) (1926—1997),智利作家、画家。

塞利纳,路易-费迪南 (1894—1961),法国小说家。

塞林格,杰罗姆·大卫 (1919—2010),美国小说家。

塞依克斯,维克托 (1923—1967),西班牙出版人,与卡洛斯·

巴拉尔一道创立了塞依克斯巴拉尔出版社,推动了拉美"文学爆炸"时期的作家和作品在西班牙的传播。

桑切斯,路易斯·拉斐尔 (1936—),波多黎各作家,主要作品有《男子汉卡马乔的瓜拉恰舞》。

桑切斯,内斯托尔 (1935—2003),阿根廷作家。

桑切斯·费尔洛西奥,拉斐尔 (1927—2019),西班牙小说家,主要作品有《哈拉马河》等。

桑塔格,苏珊(女) (1933—2004),美国作家、评论家。

施特劳斯,罗杰 (1917—2004),美国出版人。

斯宾德,斯蒂芬 (1909—1995),英国诗人、文学评论家。

斯卡尔梅达,安东尼奥 (1940—),智利作家。

斯泰伦,威廉 (1925—2006),美国小说家,主要作品有《在黑暗中躺下》等。

斯坦贝克,约翰 (1902—1968),美国小说家,1962年获诺贝尔文学奖。

苏佩尔卡苏斯,本哈明 (1902—1973),智利作家。

索里亚诺,奥斯瓦尔多 (1943—1997),阿根廷作家、记者。

T

坦纳鲍姆,弗兰克 (1893—1969),奥地利裔美国社会学家。

特拉瓦,玛尔塔(女) (1930—1983),阿根廷作家、艺术评论家。

图斯盖茨,奥斯卡 (1941—),西班牙作家、建筑师、画家。

托拉,费尔南多 (1915—2017),秘鲁语言学家。

W

瓦克盖兹,毛里西奥 (1939—2000),智利作家、翻译家。
威尔逊,埃德蒙 (1895—1972),美国作家、文艺评论家。
沃尔夫,托马斯 (1900—1938),美国小说家。
乌里韦,阿曼多 (1933—2020),智利作家。
乌斯拉尔·彼特里,阿图罗 (1906—2001),委内瑞拉小说家。
吴尔夫,弗吉尼亚(女) (1882—1941),英国作家。

X

希利,古斯塔沃 (1868—1945),西班牙出版人,1902年创立希利出版社。这是一个家族出版社,推动了西班牙加泰罗尼亚出版业的发展。
希内尔·德罗斯里奥斯,弗朗西斯科(帕科) (1917—1995),西班牙诗人,内战后流亡墨西哥。他的祖父与他同名,是十九世纪末二十世纪初西班牙最有影响力的教育家。
席尔瓦,卡门(女) (1929—2008),智利画家。

Y

亚马多,若热 (1912—2001),巴西当代最具影响力的作家。
亚涅斯,阿古斯丁 (1904—1980),墨西哥小说家。
伊瓦古伦戈伊蒂亚,豪尔赫 (1928—1983),墨西哥小说家。

尤里斯,里昂 （1924—2003）,美国小说家。

Z

詹姆斯,亨利 （1843—1916）,美国小说家。